BOB ANDREWS
Alter:
10 Jahre
Wohnort:
Aufgaben:
Recherchen und
Hobbys:
Bücher lesen,
schreiben, Kino
Die Kaffeekanne,
das geheime Versteck der drei ???
???
Dieses Buch gehört:

Die drei ??? *Kids*

Band 83

Fußball-Diebe

Erzählt von Boris Pfeiffer

Mit Illustrationen von Jan Saße

und Udo Smialkowski

KOSMOS

Umschlagillustration von Jan Saße, Horgenzell
Innenillustrationen von Udo Smialkowski, Berlin
Grundlayout von der Peter Schmidt Group, Hamburg
Umschlaggestaltung von Sigrid Walter, Würzburg

»Fußball-Diebe« ist der 83. Band der Reihe
»Die drei ??? Kids«.

Gedruckt auf Cradle to Cradle Certified™ Munken Papier

ISBN: 978-3-440-17536-1
Redaktion: Susanne Stegbauer
Produktion: DOPPELPUNKT, Stuttgart
Druck und Bindung: Finidr, s.r.o., Český Těšín
Printed in Czech Republic / Imprimé en République tchèque

Die drei ??? *Kids*
Fußball-Diebe

Supertraining

»Justus! Bob! Kommt sofort runter! Ich brauche eure Hilfe!«

Justus Jonas und Bob Andrews hoben ihre Köpfe. Sie saßen zwischen einem Berg Papierschnipsel im Geheimversteck der drei ??? und klebten Bilder von hechtenden, springenden und durch die Luft fliegenden Fußballtorhütern auf eine Pappe. In der Mitte des Bildes war ein großes Foto von Peter zu sehen, wie er im Fußballtor nach einem Ball sprang.

»Schnell, verstecken wir das Plakat. Zum Glück sind wir rechtzeitig fertig geworden«, flüsterte Justus Bob zu. »Das wird eine schöne Überraschung für Peter. Aber er darf es noch nicht sehen.«

»Schon dabei!« Bob räumte eilig Schere, Klebstoff und die zerschnittenen Reste mehrerer Sport-

zeitungen in eine große Holzkiste und stopfte die übrigen Schnipsel dazu. Dann schloss er leise den Kistendeckel. »Jetzt noch den Kirschkuchen drauf«, flüsterte er.

Justus schlug das Papier von dem Kirschkuchen zurück, den er mitgebracht hatte, und stellte ihn auf die Kiste. Sofort erfüllte ein herrlicher Duft die Kaffeekanne. »Alles klar, die Kiste macht Peter garantiert nicht auf. Wenn er den Kuchen sieht, will er ihn sofort essen. Ich übrigens auch!« Justus leckte sich die Lippen. »Das ist eine hervorragende Tarnung unseres Verstecks. Und das super Plakat bekommt Peter erst nach dem Spiel morgen.«

»Genau«, freute sich Bob. »Als Siegerplakat, wenn er und seine Mannschaft gewinnen. Oder als Trostpreis, falls sie es nicht schaffen.«

»Justus! Bob!«, gellte es in diesem Moment erneut. »Seid ihr da oben eingeschlafen?«

»Äh, nein!«, rief Bob hastig und öffnete die Bodenluke der Kaffeekanne.

Natürlich handelte es sich nicht wirklich um eine Kaffeekanne. Vielmehr nannten die drei ??? ihr Geheimversteck deswegen so, weil der alte Wassertank für Dampflokomotiven auf seinen vier Beinen und mit dem Befüllrohr an der Seite aus der Ferne tatsächlich aussah wie eine Kaffeekanne aus Urgroßmutters Zeiten. Hierher zogen sich die drei Detektive zurück, wenn sie in Ruhe über einen schwierigen Fall nachdenken wollten, in Büchern recherchierten oder einfach um ein paar Süßigkeiten zu verdrücken und in Comics zu schmökern.

Heute allerdings hatten sich Justus und Bob früher getroffen, um das Plakat für Peter zu basteln.

Bob steckte den Kopf aus der Bodenluke. »Da bist du ja!«, grinste er Peter entgegen. »Aber warum sollen wir runterkommen? Hier oben wartet ein frisch gebackener Kirschkuchen von Tante Mathilda auf dich!«

»Hm.« Peter leckte sich die Lippen. »Es gibt keinen besseren Kirschkuchen auf der Welt als den von Justus' Tante.«

»Eben!«, rief Justus durch die Luke.

Dass Justus einen Kuchen von seiner Tante dabeihatte, lag daran, dass er bei ihr und seinem Onkel Titus lebte. Seine leiblichen Eltern waren bei einem Unfall ums Leben gekommen, als Justus fünf Jahre alt gewesen war. Doch zu seinem großen Glück hatte er bei seinen Verwandten in dem kalifornischen Küstenstädtchen Rocky Beach eine neue, liebevolle Familie gefunden. Hinzu kam, dass die beiden einen Schrottplatz betrieben, auf dem sich immer wieder die herrlichsten seltsamen Gegenstände entdecken ließen, und dass Tante Mathilda eine meisterhafte Kirschkuchenbäckerin war.

»Warum kommst du also nicht hoch?«, hakte Justus nach.

»Weil ich dringend eure Hilfe brauche«, gab Peter zurück. Er zog ein paar Torwarthandschuhe aus seiner hinteren Hosentasche und deutete auf einen Fußball, der auf dem Gepäckträger seines Fahrrads in der Sonne glänzte. »Ich muss dringend noch ein bisschen trainieren. Morgen ist doch –«

»… das große Spiel bei dir im Sportverein«, unterbrach ihn Bob lachend. »Und du stehst im Tor deiner Mannschaft, der *Rocky Beach Socceroos*. Das wissen wir doch! Schließlich haben wir jeden Tag noch eine Stunde extra mit dir trainiert. Hast du nicht langsam mal genug geübt?«

»Auf keinen Fall!« Peter schüttelte heftig den Kopf. »Ich will morgen topfit sein und meine besten Reaktionen zeigen. Und deswegen esse ich auch heute keinen Kuchen. Zu viel Zucker schadet dem Sportlerkörper.«

»Einverstanden!«, rief Justus erfreut. »Dann essen Bob und ich deine Stücke. Wir stehen ja nicht mit deiner Mannschaft auf dem Feld. Aber hast du dir auch schon mal überlegt, dass man irgendwann übertrainiert sein kann?«

Peter schüttelte den Kopf und zog sich seine Torwarthandschuhe an. »Ich kenne kein Übertraining. Ich kenne nur Übergewicht! Und ich bin außerdem dafür, dass auch ihr beide mit dem Kuchen bis morgen nach dem Spiel wartet. Erstens teilen wir dann gerecht und zweitens brauche ich euch jetzt ohne Kirschkuchen im Bauch.«

Justus kicherte. »Aber ich bin doch nicht zu dick, allenfalls ein wenig stämmig. Und du wirst zugeben müssen, dass es dir für dein Torwarttraining durchaus zugutekommt, wenn ich mein gesamtes Gewicht in einen Schuss lege. Dann hast du nämlich wirklich etwas zu parieren.«

Peter lachte. »Allerdings, Just! Wenn du den Ball volle Kanne triffst, ist er nicht leicht zu halten. Deswegen übe ich ja auch so gerne mit Bob und dir – und zwar jetzt auf der Stelle. Bob täuscht nämlich seine Schüsse sehr gut an und du hast die Power im Körper und im Fuß! Kommt schon! Wir machen 24 Stunden zuckerfrei. Und zum Training sind die Beine der Kaffeekanne die Tore und ihr dürft euch den Ball rundherum zuspielen. Dann laufe ich immer zwischen die beiden Pfosten, auf die ihr gerade schießt. Das ist ein super Koordinationstraining für Auge und Körper.«

Bob und Justus nickten ergeben. Dann wickelte

Bob den Kuchen wieder in das Papier. »Den bringe ich meiner Mutter mit. Sie liebt den Kuchen deiner Tante auch, Just.«

Gleich darauf kletterten Bob und Justus die Leiter hinab, die ins Innere des alten Wassertanks führte.

Vergnügt machten sich die drei ??? ans Üben. Geschickt passten sich Bob und Justus den Ball zu und kurvten dabei rund um die Kaffeekanne. Währenddessen sprang Peter zwischen den hölzernen Beinen des Wassertanks hin und her, warf sich jedem Schuss entgegen, fing ihn, begrub den Ball unter sich oder faustete ihn weg.

»Bravo!«, rief Bob nach einer Weile. Ihm lief der Schweiß über die Stirn. »Wenn ich richtig mitgezählt habe, hast du 27 von 35 Schüssen gehalten.«

Peter strahlte. »Diese Übung ist super! Sie schärft wirklich die Aufmerksamkeit. Los, gebt mir noch ein paar Bälle.«

»Okay!« Justus fackelte nicht und zog ab. Er legte alle Kraft in seinen Schuss und der Ball raste auf Peter zu wie eine Kanonenkugel.

Rasch riss Peter beide Fäuste hoch und wehrte ihn ab. Doch diesmal geriet ihm die Abwehr zu flach. Der Ball flog auf Bob zu, der ihn an die Stirn bekam und damit unfreiwillig zurück aufs Tor köpfte. Die Wucht des Aufpralls verfrachtete Bob rücklings auf den Hosenboden und der Ball sauste direkt in die rechte obere Ecke des Kaffeekannen-Tors. Peter stieß sich ab und flog in den Winkel. Gerade noch erreichte er den Ball mit den Fingerspitzen und schaffte es, ihn an den Innenpfosten zu lenken. Von dort prallte dieser parallel zur Linie ab und zischte einmal quer durchs Tor an den gegenüberliegenden Pfosten. Peter fuhr herum. Der Ball prallte wieder ab. Diesmal streckte Peter die Arme aus und fing ihn.

»Gehalten!«, jubelte Peter. »Genau auf der Linie!«

Justus und Bob starrten ihren Freund an. Dann lachte Justus: »Da kommt zum Können auch noch das Glück des Tüchtigen hinzu! Wenn du morgen im Spiel genauso gut drauf bist, dann wirst du deine Mannschaft bestens unterstützen.«

Peter stieß die Luft aus und nickte. »Das hoffe ich doch, Freunde! Morgen geht es für uns ums Weiterkommen ins Endspiel. Wenn wir nämlich gegen *Los Angeles United* gewinnen, spielen wir in einer Woche in San Francisco. Ich freue mich riesig auf das Spiel. Ich bin schon ganz kribbelig!«

Bob und Justus lachten. »Das geht uns nicht anders, Peter. Wir werden dich am lautesten anfeuern. Immerhin sind wir deine größten Fans.«

Spieltag

Das Stadion der *Rocky Beach Socceroos* lag am Rande des Küstenstädtchens. Hinter den nicht allzu hohen Rängen zeichneten sich bläulich schimmernd die Berge ab, die sich bis zum Horizont erstreckten.

»Ein großartiger Platz zum Fußballspielen«, rief Justus. In schwarzer Linienrichterkleidung und mit einer Fahne in der Hand trabte er neben dem ebenso ausstaffierten Bob den Spielfeldrand entlang. »Das finde ich immer wieder, wenn ich hier bin.«

»Ja, das ist ein cooler Blick ins Weite«, grinste Bob. »Da kann man sich richtig gut vorstellen, den Ball satt abzuziehen und ihn über das ganze Spielfeld in die Maschen zu dreschen.«

Justus lachte. »Genau! »Ich finde, für das Publikum gibt es nichts Schöneres als einen gut getretenen Weitschuss. Wenn sich der Ball in den Himmel erhebt und dann kurz vor dem Tor wieder senkt, um genau ins Dreiangel zu gehen, das sind die besten Momente im Fußball.«

»Ein feines Dribbling ist aber auch nicht zu verachten«, meinte Bob. »Wenn ein geschickter Spieler zwei oder drei seiner Gegenspieler stehen lässt, dann jubeln auch immer alle mächtig.«

»Ich bin gespannt, was wir von den beiden Mannschaften heute zu sehen bekommen werden«, lächelte Justus vorfreudig. Er blieb stehen und begann, mit den Armen zu kreisen. »Das ist wirklich einmalig, dass wir beide heute als Linienrichter dabei sein dürfen. Toll, dass Peter seinen Trainer gefragt hat.«

»Und dass der Schiedsrichter nichts dagegen hatte«, ergänzte Bob. »Eine echte Überraschung.

So können wir das Spiel aus nächster Nähe erleben. Wir müssen uns aber ausgesprochen fair verhalten. Wir dürfen Peter nun doch nicht anfeuern.«

»Aber wir dürfen ihm die Daumen drücken«, erwiderte Justus. »Und das werde ich mit aller Kraft tun.«

Während sich Justus und Bob weiter aufwärmten, füllte sich das Stadion mit Zuschauern. Es war früher Vormittag, die Sonne stand bereits hell am Himmel. Es würde warm werden, aber nicht zu sehr; es war das perfekte Fußballwetter. In einer Stunde sollte das Spiel angepfiffen werden. Das Publikum war schon aufgeregt. Sprechchöre der beiden Fanlager wechselten sich ab und jede Minute wurden weitere Fahnen geschwenkt. Nur die Mannschaften und damit auch Peter waren noch in den Spielerkabinen, wo sie sich mit den Trainern vorbereiteten.

»Beide Mannschaften sind ja bisher immer mit mindestens zwei Toren Vorsprung durch die Vorrunde gekommen«, überlegte Bob laut. »Ich bin gespannt, ob das heute auch wieder so sein wird.«

Justus wiegte nachdenklich den Kopf. »Wir sind schon im Halbfinale. Ich glaube nicht, dass die beiden sich leistungsmäßig sehr unterscheiden. Und es gehört schon ziemlich viel Glück dazu, ein Spiel deutlich zu gewinnen.«

In diesem Moment ertönte ein lauter Ruf von den Rängen: »Justus, diese Schiedsrichteruniform steht dir aber gut!«

Justus sah auf. Auf der Tribüne standen Tante Mathilda und Onkel Titus. Justus lachte seiner Tante zu. »Das ist keine Schiedsrichteruniform! Bob und ich sind Linienrichter. Wenn der Ball ins Aus gegangen ist, müssen wir anzeigen, welcher Spieler ihn zuletzt berührt hat. Und dann bekommt die andere Mannschaft den Einwurf.«

»Das weiß ich doch«, rief Tante Mathilda. »Aber meiner Meinung nach gehören die Linienrichter auch zum Schiedsrichtergespann.«

»Das schon, wir sind aber nicht der Schiedsrichter«, wiederholte Justus.

Sein Onkel nickte. »Da hat er recht. Und das

merkt man auch an einem kleinen, aber besonderen Unterschied!« Der Schrotthändler hob ein etwa einen Meter langes und leuchtend rotes Instrument, das er bei sich trug. »Denn ihr beide habt keine Pfeifen! Der Schiedsrichter aber schon. Und ich auch! Allerdings eine Fan-Pfeife. Und zwar die beste der Welt, nämlich die ultimative Riesenpfeife.« Er setzte das Instrument an den Mund und blies kräftig hinein. Ein lautes Tröten erschallte.

»Oh nein!«, rief Bob. »Eine Vuvuzela! Wo haben Sie die denn her, Mr Jonas?«

Onkel Titus grinste vergnügt. »Ich habe neulich eine ganze Kiste voll bekommen. Mit denen macht man den wunderbarsten Lärm bei Fußballspielen.«

»Wunderbar würde ich das nicht nennen!« Tante Mathilda hielt sich die Ohren zu. »Das klingt wie eine Horde hungriger Hornissen. Ich hatte schon Angst, wir würden von einem Schwarm angegriffen, der es auf den Kirschkuchen abgesehen hat.«

»Habe ich gerade richtig gehört? Hast du etwa Kirschkuchen dabei, Tante Mathilda?« Justus leckte sich die Lippen.

»Natürlich!«, nickte seine Tante. »Es kommen noch ein paar Freunde und Bekannte ins Stadion. Zum Beispiel Kommissar Reynolds. Da habe ich einen frischen Kirschkuchen gebacken. Aber warum guckst du so begehrlich, Justus? Ich habe dir doch erst gestern einen mitgegeben.«

»Ja«, sagte Justus. »Den durfte ich aber leider nicht essen. Peter hat ihn sozusagen in Verwahrung genommen, weil er vor dem Spiel keinen Zucker zu sich nehmen wollte. Deswegen mussten Bob und ich auch verzichten. Sag mal, könntest du nicht Bob und mir ein kleines Stückchen geben?«

»Nein!« Tante Mathilda schüttelte energisch den Kopf. »Du solltest auf keinen Fall zu viel essen, bevor du als Linienrichter sehr viele Kilometer laufen musst!«

Justus sah Bob an und schüttelte betrübt den Kopf. »Mit dem Kirschkuchen ist es im Moment wie verhext!«

Bob grinste. »Unsere Stunde des Kirschkuchens wird schon noch kommen.«

In diesem Augenblick brandete auf den mittlerweile gut gefüllten Tribünen lautstarker Applaus auf. Justus und Bob sahen sich um.

Angeführt von Peter, der als Kapitän seiner Mannschaft auflief, betraten die *Rocky Beach Socceroos* und auch *Los Angeles United* den Platz.

»Die beiden Mannschaften sind da, um sich einzuspielen«, rief Bob.

»Dann drücken wir unserer Mannschaft mal die Daumen!«, jubelte Onkel Titus und setzte sofort seine Vuvuzela an. Kräftig blies er hinein. Schnell hielt sich Tante Mathilda die Ohren zu.

Justus und Bob richteten ihre Aufmerksamkeit auf das Spielfeld.

Peter hatte sich zwischen die Pfosten eines der Tore gestellt und der Ersatztorwart schoss ihm Bälle zu. Es handelte sich um keinen Geringeren als Skinny Norris. Skinny war der Erzrivale der drei ???. Der ältere Junge suchte ständig eine Gelegenheit, um Justus, Peter und Bob zu beweisen, dass sie Versager waren. In der Regel scheiterten seine Angriffe. Doch manchmal hatte er wirklich fiese Tricks auf Lager.

»Das ist die berühmte Ironie des Schicksals, dass ausgerechnet Peter und Skinny in derselben Mannschaft spielen«, raunte Bob Justus zu.

»Ja«, gab dieser zurück, »und es muss schlimm für Skinny sein, dass Peter der bessere Torwart ist.«

Bob verzog den Mund. »Neulich hat er Peter sogar Senf in die Torwarthandschuhe gestrichen und dann überall herumgebrüllt, Peter hätte Wurstfinger. Dabei hat er sich fast scheckig gelacht. Das war eine echt miese Attacke. Die Handschuhe musste Peter erst mal gründlich waschen.«

Justus schüttelte den Kopf. »Wahrscheinlich hat er gehofft, Peter damit so durcheinanderzubringen, dass er schlechtere Leistungen zeigt. Dann hätte Skinny heute vielleicht doch zwischen den Pfosten stehen können.«

»Zum Glück ist ja noch mal alles gut gegangen«, meinte Bob.

In diesem Moment betrat der Schiedsrichter, bei dem es sich um einen jungen Mann handelte, den Rasen. Er war von drahtiger Gestalt, hatte kurze schwarze Haare und schmale Lippen, an die er jetzt seine Pfeife setzte und die Mannschaften in der Mitte des Spielfeldes zusammenrief. »Jetzt bitte alle wieder in die Kabinen«, ordnete er an. »Ich sage Bescheid, wenn ihr rauskommen könnt.«

Während die Mannschaften den Platz räumten, wandte sich der Schiedsrichter Bob und Justus zu. »Hallo, ich bin John Edwards. Schön, dass ihr heute die Linienrichter seid. Möge es ein gutes und faires Spiel werden!« Er streckte den beiden die Hand entgegen.

»Das wünschen wir uns allen auch, Mr Edwards!«, riefen Justus und Bob und schlugen in die ausgestreckte Hand des Schiedsrichters ein.

Erste Halbzeit

Als John Edwards das Spiel anpfiff, standen Justus und Bob als Linienrichter auf den gegenüberliegenden Seiten des Fußballfeldes.

Justus hatte die Seite erwischt, auf der sich auch die Trainerbänke befanden. Dort saßen die Übungsleiter der beiden Mannschaften und die Ersatzspieler. Rund um das Spielfeld standen außerdem mehrere Balljungen bereit. Justus sah, dass Bob seine eigene Seite beobachtete, ohne weitere Zuschauer in seiner Nähe zu haben. Die Tribünen begannen erst drei Meter hinter seinem Rücken.

Niemals hätte Justus gedacht, dass er von den Trainerbänken dermaßen viele Kommentare hören würde. Kaum hatte Peter nämlich den ersten Ballkontakt, tönte hinter Justus eine hämische Stimme,

die lauthals verkündete: »Ist das ein Fliegenfänger! Den Ball hätte ich niemals weggefaustet! Den hätte ich sicher gefangen!«

Justus musste sich nicht umdrehen, um zu wissen, wer da sprach. Die Stimme gehörte eindeutig Skinny Norris. Eine Antwort lag Justus schon auf der Zunge, nämlich dass der Ball auf Peters Tor sehr scharf geschossen gewesen war und dass er es völlig richtig gemacht hatte, ihn wegzufausten. Aber als Linienrichter musste er sich das verkneifen. Deswegen warf er Skinny nicht einmal einen Blick zu. Justus nahm aber wahr, dass keiner der Mannschaftskameraden auf den fiesen Kommentar einging.

Das schien auch Skinny Norris zu bemerken. Und es gefiel ihm ganz und gar nicht. Denn kurz darauf erhielt *Los Angeles United* einen Freistoß aus nicht ungefährlicher Torentfernung. Peter dirigierte seine Mauer, doch der gegnerische Spieler war offensichtlich ein geübter Schütze. Er trat den Freistoß als gefährlichen Flatterball.

Justus sah begeistert zu. Der Ball hob sich in einem schönen Bogen über die Abwehrmauer und flog dabei nicht besonders schnell. Doch dann geschah, was bei jedem Flatterball passierte. Plötzlich änderte er vollkommen willkürlich seine Flugbahn.

Justus wusste, wie ein solcher Flatterball zustande kam. Da sich der Ball durch den langsamen, geraden Stoß mit der Spitze des Spanns überhaupt nicht drehte, hielt er ohne die fehlende Rotation auch nicht seine Bahn. Das lag daran, dass die Luft, die den Ball umströmte, sich hinter ihm nicht gleichmäßig schließen konnte. Dadurch wiederum bildeten sich rund um das Spielgerät viele unsichtbare Luftwirbel, die seine Flugbahn veränderten. Deswegen konnte ein Flatterball einen regelrechten Zickzackkurs hinlegen.

»Haha!«, rief Skinny lauthals. »Den hält Peter nie! Den Ball kann man nicht berechnen.«

Doch genau das Gegenteil trat ein. Mit einer schlangengleichen Bewegung erreichte Peter den Ball gerade noch mit einer Hand und lenkte ihn um den Pfosten.

Justus musste an sich halten, um nicht jubelnd die Arme hochzureißen.

In diesem Moment aber brüllte Skinny hinter ihm: »Das war pures Glück! Peter ist doch nur ausgerutscht. Haha, das ist der schlechteste Torwart aller Zeiten. Die Pfeife fällt auf den Hintern und hält dabei noch. Der Nächste ist bestimmt drin!« Grölend sprang Skinny von der Bank und lief an den Spielfeldrand.

Diese Worte machten Justus wütend. Auch, wenn er Peter nicht direkt verteidigen durfte, drehte er sich um und sah Skinny scharf an.

Skinny schien den Blick nicht zu bemerken. »Versager!«, brüllte er und ballte eine Faust gegen Peter.

»Skinny!«, wies sein Trainer ihn zurecht. »Verhalte dich bitte respektvoll.«

Doch Skinny scherte sich nicht um diese Ermahnung. »Flasche!«, zischte er stattdessen deutlich hörbar und machte einen Schritt auf Peter zu. Dabei übertrat er die Seitenlinie.

»Halt, Skinny!«, wies Justus ihn zurecht. »Als Ersatzspieler darfst du das Spielfeld nicht betreten.«

»Ach nein?«, grinste Skinny böse. »Ich darf meinem Torwart nicht zujubeln?«

»Du hast ihm nicht zugejubelt«, sagte Justus. »Du hast ihn blöd angemacht und beschimpft. Und wenn du das noch einmal tust, sage ich dem Schiedsrichter, dass er dir eine Gelbe Karte geben soll.«

»Der Schiri kann mir doch keine Gelbe Karte geben, weil ich meinen eigenen Mannschaftskameraden beschimpfe.«

»Doch!«, sagte Justus bestimmt. »Es ist verboten, andere Spieler zu beschimpfen. Auch aus der eigenen Mannschaft.« Er sah den Trainer der *Rocky Beach Socceroos* an.

»Das stimmt«, mischte sich dieser nun wieder ein. »Skinny, beherrsch dich endlich! Ich weiß, es ist nicht leicht für dich, heute nicht im Tor zu stehen. Aber Peter war beim Training einfach etwas wacher als du. Man muss auch mal damit leben, der Zweite zu sein.«

»Ich bin nicht der Zweite!«, brüllte Skinny. »Ich bin die Nummer eins! Peter Shaw ist nur deswegen im Tor, weil hier sowieso alle bestochen sind. Wie kann es denn sein, dass seine besten Freunde als Linienrichter aufgestellt werden? Wenn ich auch nur einmal sehe, dass die für Peter entscheiden, dann –«

»Skinny, es reicht!«, unterbrach ihn der Trainer energisch. »Sonst kriegst du wirklich gleich noch die Gelbe Karte. Und ich schicke dich in die Kabine.«

»Ja, ja ...« Skinny trat zurück und ging wieder zurück auf die Bank. Dabei zischte er Justus leise zu:

»Warten wir es ab. Die Heulsuse Peter möchte ich sehen, wenn ihm einer reingeht. Der wird heute noch mächtig hinter sich greifen müssen.«

Rasch wandte sich Justus wieder dem Spielfeld zu.

In diesem Moment pfiff der Schiedsrichter, weil einer der Spieler aus Peters Mannschaft vom Ball heftig am Arm getroffen worden war.

Der Ball rollte auf Bobs Seite ins Aus und wurde von einem langhaarigen Balljungen mit einem roten Stirnband gestoppt. Währenddessen rannte der Spieler, der den Ball mit dem Arm gespielt haben sollte, auf Mr Edwards zu. Energisch erklärte er, er habe den Ball nicht absichtlich mit der Hand berührt, sondern dieser habe ihn bloß am Arm getroffen.

John Edwards sah fragend zu Bob, der an seinem Spielfeldrand zur Antwort mit der Fahne winkte und den Kopf schüttelte. Sofort beorderte der Schiedsrichter Bob und auch Justus zu sich. »Jungs, habt ihr gesehen, ob das angeschossen war? Aus meiner Position konnte ich es nicht hundertprozentig erkennen.«

»Ja, Mr Edwards«, nickte Bob sofort. »Der Ball hat den Spieler am Arm getroffen. Aber er hatte den Arm angelegt.«

»Hast du es auch so gesehen?«, wandte sich der Schiedsrichter Justus zu.

Justus zuckte die Schultern. »Das war die mir abgewandte Seite des Jungen. Ich konnte nichts erkennen.«

Nun kam auch der Spieler von *Los Angeles United*, der den Ball geschossen hatte, auf den Schiedsrichter zu. »Sir, ich würde sagen, mein Gegenspieler hat kein absichtliches Handspiel begangen.«

Mr Edwards schaute den Jungen anerkennend an. »Das ist ausgesprochen fair. Danke!« Er winkte dem Balljungen mit dem roten Stirnband zu, ihm den Ball zuzuwerfen. Der Junge, der in der Zwischenzeit ein paar Tricks damit ausprobiert hatte, verlor den Ball vom Fuß. Dieser rollte in Richtung Werbebande. Rasch bückte er sich, nahm einen der am

Spielfeldrand bereitliegenden Ersatzbälle und warf ihn dem Schiedsrichter zu. Geschickt fing John Edwards ihn und rief: »Ich korrigiere meine Entscheidung. Es gibt keinen Freistoß, sondern Schiedsrichterball!«

Der Schiedsrichter schickte Justus und Bob wieder an ihre Seitenlinien. Rasch flüsterte Justus Bob zu: »Skinny motzt die ganze Zeit über Peter. Das ist wirklich unsportlich, wie er sich aufführt.«

Bob nickte betrübt. »In der zweiten Halbzeit übernehme ich deine Seite, Just. Dann musst du dir das nicht länger anhören.«

Die beiden liefen zurück zu ihren Seitenlinien. Im nächsten Moment warf der Schiedsrichter auch schon den Ball hoch und ein Spieler jeder Mannschaft sprang danach. Der Spieler der *Rocky Beach Socceroos* traf ihn zuerst und köpfte ihn in Richtung des gegnerischen Tors. Allerdings genau vor die Füße eines Spielers aus Los Angeles. Dieser zögerte nicht und zog sofort Vollspann auf Peters Tor ab. Dann geschah etwas Seltsames.

Justus riss verblüfft die Augen auf. Der Ball zickzackte durch die Luft, als sei er lebendig geworden. Er schoss auf das Tor zu und hob und senkte sich dabei so abrupt, dass Peter, der sich gerade noch nach oben strecken wollte, sich stattdessen auf den Boden werfen musste, um den Ball zu erwischen.

Da aber änderte der Ball seine Richtung erneut und flog nun knapp über Peters Kopf unhaltbar über ihn hinweg auf das leere Tor zu.

Unglaubliches Missgeschick

Ein lautes Raunen ging durch das Stadion.

Und nicht anders hätte Peter selbst reagiert, hätte er in diesem Augenblick nicht auf dem Boden gelegen und vollkommen verdattert dem Ball nachgesehen. Er wusste, dass er geschlagen war. Aber wie jeder gute Torwart drehte Peter sich um, so schnell er nur konnte, um dem Ball doch noch hinterherzuhechten.

Doch der Ball flog nicht geradeaus in das leere Tor, sondern vollzog eine weitere Kurve und prallte mit einem satten Ton gegen den Pfosten. Und von dort sprang er zurück ins Feld.

Im selben Moment warf sich Peter auf ihn und umschloss ihn, so fest er konnte, mit beiden Armen.

»Gehalten!«, brach es aus ihm hervor, während er den Ball an seinen Körper drückte. »So ein Glück, ich habe ihn gehalten!« Mit weit aufgerissenen Augen drehte er sich um. Seine Mitspieler kamen jubelnd auf ihn zugerannt.

»Peter, das war unglaublich! Wie hast du das geschafft?«

»Ich weiß es nicht«, stammelte der Torwart. »Reines Glück! Das Ding war ein absoluter 1-a-Flatterball. So eine Flugbahn habe ich noch nie zuvor im Leben gesehen. Was haben die bloß für Kunstschützen bei *Los Angeles United*?«

»Allerdings!«, rief der Mittelstürmer aus Peters Mannschaft. »Aber dass du den noch gehalten hast, das war wirklich ein Hammer! Du bist der Beste!«

In diesem Moment pfiff der Schiedsrichter. »Weiterspielen!«, ordnete Mr Edwards an. Doch auch er schaute verdutzt drein.

»Ja, Sir. Auf geht's!«, rief Peter. Aufmunternd sah er seine Mitspieler an.

Diese verteilten sich sofort übers Feld und Peter

warf den Ball in hohem Bogen zu seinem rechten Verteidiger. Das dachte Peter jedenfalls.

Denn statt zu dem Mitspieler flog der Ball geradewegs auf einen drei Meter entfernt stehenden Angreifer von *Los Angeles United* zu, der sich bereits umgedreht hatte, um zum Tor seiner Mannschaft zurückzulaufen. Und damit nicht genug. Der Ball traf den Spieler mitten auf den Po und prallte von dort zurück – genau an Peter vorbei ins Tor. Diesmal war Peter wirklich machtlos. Fassungslos riss er die Hände vors Gesicht.

»Was war das denn für ein dummes Eigentor, Peter?«, rief ihm sein Verteidiger zu.

»Das wollte ich nicht«, stammelte Peter. »Ich wollte ihn zu dir werfen.«

»Hat dir die Aktion eben den Kopf verdreht?« Der Verteidiger schüttelte den

Kopf. »Mann, da haben wir so viel Glück gehabt und jetzt bringst du so eine Schote.«

Peter senkte den Kopf. »Es tut mir leid.«

»Los, kommt! Auf, Leute!«, mischte sich in diesem Moment ein Mitspieler aus Peters Mannschaft ein. »Das war halt ein riesen Unglück, so wie das davor ein riesen Glück. Ohne Peter lägen wir schon längst zurück. Wir lassen jetzt nicht die Köpfe hängen.« Er sah den Verteidiger und Peter an.

Die beiden nickten. »Ja«, riefen sie und lächelten einander zu.

Der Mitspieler nickte, nahm den Ball aus dem Tor und trug ihn zum Anstoßpunkt.

Die nächsten Minuten verfolgten Bob und Justus vom Spielfeldrand aus ein ausgeglichenes Spiel. Peters Mannschaft gewann Pass für Pass wieder an Spielsicherheit und drängte nun auf das Ausgleichstor. Eine Weile wogte das Spiel hin und her. Beim nächsten Angriff von *Los Angeles United* postierten sich die Stürmer vor Peter im Strafraum, als einer ihrer Mittelfeldspieler eine hohe Bogenlampe schoss.

Peter sprang hoch, um den Ball abzufangen. Sicher streckte er die Arme aus. Justus und Bob konnten genau sehen, dass er den Ball gerade packen wollte, als dieser plötzlich in der Luft über Peter stehen zu bleiben schien. Dann flog er in einer leichten Kurve an seinen Händen vorbei und prallte auf Peters Hinterkopf. Und von dort sprang er über die Torlinie ins Netz.

Das Publikum stöhnte auf. »Er hat den Ball selber ins Tor geköpft«, höhnte Skinny hinter Justus. »Wie doof kann man sein! Jetzt liegen wir wegen ihm schon 0:2 zurück.«

»Skinny!«, rief der Trainer. Doch auch auf seinem Gesicht lag ein angespannter Ausdruck. Und nicht anders sahen die Spieler der *Rocky Beach Socceroos* ihren Torwart an. Skinny schwieg sofort. Doch er grinste breit.

Justus schüttelte den Kopf. In diesem Moment war Peter Shaw der einsamste Junge im Stadion. Zwei derartige Fehler direkt nacheinander mussten selbst den besten Torwart der Welt aus dem Gleichgewicht bringen. Und dass es so war, konnte Justus sogar aus der Ferne erkennen. Peter wirkte, als wäre er am liebsten im Boden versunken. Er hielt den Blick gesenkt und ließ die Schultern mächtig hängen, als er den Ball aus den Maschen holte und zum Mittelkreis schleuderte.

Aber gleich zwei solcher Fehler in einem Spiel? Justus grübelte. »Das kann nicht sein«, murmelte er vor sich hin. Quer über das Feld sah er zu Bob.

Auch dieser schüttelte ungläubig den Kopf. Justus nickte ihm zu. Sie mussten dringend miteinander sprechen.

Doch das ging erst in der Halbzeitpause.

Nach dem 2:0 für *Los Angeles United* mussten sich die *Rocky Beach Socceroos* ganz offensichtlich erst wieder fangen.

Diesmal schimpfte keiner der Spieler mit Peter. Aber man konnte ihren Gesichtern ansehen, dass sie von ihrem Torwart enttäuscht waren. Peter war aschfahl. Endlich pfiff der Schiedsrichter zur Pause.

Als die Mannschaften vom Feld gingen, hörte Justus die Spieler von *Los Angeles United* lachen. »Mit *dem* Torwart können wir das Spiel gar nicht verlieren«, meinte einer. »So was habe ich echt noch nie erlebt. Es gibt ja immer mal krasse Torwartfehler, aber gleich zwei in einem Spiel?«

»Ja«, meinte sein Mitspieler. »Das sieht fast schon so aus, als ob der das mit Absicht macht.«

»Niemand verliert mit Absicht«, widersprach der erste. »Und so verrückte Fehler kann man nicht absichtlich produzieren. Deinem Gegner den Ball an den Po werfen und ihn dann zurück ins eigene Tor trudeln lassen? Das schafft nicht mal der beste Keeper der Welt.«

Justus sah den Jungen nach. Nachdenklich legte er Daumen und Zeigefinger an seine Unterlippe und begann diese zu kneten. Das tat der Anführer der drei ??? immer, wenn er scharf nachdachte. Da tauchte Peter neben ihm auf.

Justus legte ihm eine Hand auf die Schulter. »Peter«, flüsterte er. »Hast du dafür eine Erklärung? Ich verstehe das nicht.«

»Ich auch nicht«, gab dieser bedrückt zurück. »So etwas habe ich noch nie erlebt. Das war, als ob ein unsichtbarer Gegner mir den Ball aus den Händen boxt oder so. Als wäre er verhext. Das waren die schlimmsten Fehler meines Lebens!«

Justus blickte den Ball an, den der Schiedsrichter in der Hand hielt, um ihn in die Kabine zu tragen.

»Es gibt keine unsichtbaren Gegner und keine verhexten Fußbälle«, sagte er dann leise. »Und du solltest niemals aufgeben.«

In diesem Moment kam einer der Balljungen zu John Edwards gelaufen. Der Junge trug ein rotes Stirnband und hatte kurzes Haar. »Schiri!«, rief er eifrig. »Darf ich Ihnen den Ball tragen?«

Der Schiedsrichter nickte. »Sehr gerne. Bring ihn bitte in die Schiedsrichterkabine.«

»Das mache ich!« Der Junge lachte zufrieden. »Danke, Sir! Ist toll, hier dabei zu sein.« Mit stolzer

Miene nahm er den Ball und trug ihn vor dem Schiedsrichter her rasch zu den Umkleidekabinen. Justus sah ihm nach. Er kannte den Jungen nicht. Aber ihm war soeben etwas aufgefallen.

»Wir sehen uns später«, zischte Justus Peter zu. »Ich muss was überprüfen. Halte durch, das ist vielleicht alles gar nicht deine Schuld!«

Pausenanalyse

Justus lief zum Schiedsrichter.

»Mr Edwards«, fragte er, »die Balljungen sind nicht aus Rocky Beach, ich habe sie noch nie hier gesehen. Wo kommen sie denn her?«

Der Schiedsrichter nickte zustimmend. »Gut beobachtet! Sie stammen aus Los Angeles. Die Linienrichter sind diesmal aus Rocky Beach ausgewählt worden und die Balljungen aus Los Angeles. Das empfanden wir als gerechte Lösung für so ein Spiel. Sie sind mit *Los Angeles United* angereist.«

»So haben alle ihren Anteil am Spiel, ich verstehe. Danke, Sir. Ich warte noch auf Bob.« Justus blieb stehen und winkte seinem Freund zu, der über das Spielfeld auf ihn zukam.

Als die Mannschaften in den Kabinen verschwunden waren, steckten Justus und Bob die Köpfe zusammen.

»So was habe ich noch nie gesehen«, sagte Bob. »Und weißt du, was das total Verrückte ist, Just?«

»Ja«, meinte Justus. »Dass Peter jetzt glaubt, der Ball sei verhext.«

Bob verzog das Gesicht. »Das könnte man wirklich denken. Denn beide Situationen gab es schon mal im Fußball.«

»Wie bitte?« Justus schaute verblüfft auf.

»Ja«, nickte Bob. »In einer der Zeitungen gestern stand ein Artikel über die verrücktesten Torwartfehler aller Zeiten. Und genau diese beiden Fehler waren dort auch beschrieben.«

Justus schnappte nach Luft. »Bob«, sagte er, »so etwas gibt es nicht. Dass sich exakt diese Fehler zufällig wiederholen, ist so gut wie ausgeschlossen.«

»Es war aber so«, sagte Bob. »Und da der Fußball ja wohl eher nicht verhext sein wird, muss es eine andere Erklärung dafür geben.«

»Aber welche?«, überlegte Justus laut. »Und das natürlich unter der Voraussetzung, dass der Ball *ganz sicher* nicht verhext ist.«

»Okay«, bestätigte Bob. »Aber dass es dabei um den Ball geht, denke ich dennoch.«

»Das ist naheliegend«, nickte Justus. »Wenn ein Ball sich so merkwürdig bewegt, kann es im wiederholten Fall kaum am Schützen liegen. Solche Kunststöße gibt es nicht einmal beim Billard. Nur, wie soll das gehen? Ich habe noch nie davon gehört, dass man einen Fußball von außen beeinflussen kann.«

»Ich auch nicht«, gab Bob zu. »Und ich habe auch nichts bemerkt, was in diese Richtung deuten würde.«

Justus nickt erneut. »Allerdings sind mir möglicherweise zwei andere entscheidende Momente aufgefallen.«

»Und welche?«, fragte Bob.

»Dazu komme ich gleich«, erwiderte Justus. »Doch gehen wir zunächst einmal davon aus, dass dieser Ball sich, warum auch immer, extrem merkwürdig verhält. Das wird kaum daran liegen, dass jemand im Ball sitzt und ihn von dort aus steuert.«

»Natürlich nicht«, lachte Bob. Dann aber hob er den Kopf. »Du meinst also, jemand könnte den Ball doch in seiner Flugbahn beeinflusst haben?«

»Das ist in meinen Augen die einzige logische Erklärung«, nickte Justus. »Entweder man beeinflusst den Ball oder aber Peter.«

»Aber wie soll jemand Peter dazu bringen, sich dem Ball gegenüber so verrückt zu verhalten? Noch dazu, wo er ein wirklich guter Torwart ist?«

»Nun«, erwiderte Justus. »Jemand könnte ihn geblendet haben. Solche Versuche, ein Spiel zu stören oder sogar zu manipulieren, gab es immer wieder. Irgendjemand im Publikum könnte ihn mit einem Taschenspiegel blenden. Aber davon hat Peter nichts berichtet. Deswegen bleibt nur die Möglichkeit, dass der Ball verrücktspielt.«

»Aber das hatten wir schon, Just. Wie soll jemand einen Ball dazu bringen, sich anders zu bewegen, als er es normalerweise tut?«, meinte Bob.

»Ich habe keine Ahnung«, gab Justus zu. »Aber wir sollten versuchen, das herauszufinden. Und die beiden Auffälligkeiten könnten durchaus damit zu tun haben.«

»Und worum handelt es sich da nun?«, hakte Bob nach.

»Um Folgendes«, sagte Justus. »Peters erstes Missgeschick ist passiert, nachdem ein Balljunge auf deiner Seite, der mit den langen Haaren und dem roten Stirnband, den Ball ins Spiel geworfen hat. Am Rand liegen doch immer mehrere Bälle bereit.«

»Natürlich«, sagte Bob. »Wenn ein Ball ausgeht und vielleicht wegspringt, nimmt der Balljunge einen anderen aus der Nähe und wirft ihn ins Spiel. So wird das Spiel nicht allzu lange unterbrochen.«

»Richtig«, sagte Justus. »Kannst du dich erinnern, ob der Balljunge in diesem Moment einen anderen Ball ins Spiel gebracht hat als den, der ausgegangen ist?«

Bob schüttelte den Kopf. »Darauf habe ich überhaupt nicht geachtet.«

»Ich auch nicht«, musste Justus zugeben. »Aber mir ist da noch etwas aufgefallen. Ein anderer Balljunge, ebenfalls mit einem roten Stirnband, hat den Schiedsrichter nach dem Pausenpfiff gefragt, ob er ihm den Ball in die Kabine tragen darf. Und die Balljungen, das habe ich von John Edwards eben erfahren, sind nicht aus Rocky Beach. Sie kommen aus Los Angeles.«

Bob starrte Justus nachdenklich an. »Gut, gehen wir davon aus, dass mit dem Ball etwas nicht stimmt. Und du glaubst, dass die Balljungen, die noch dazu beide rote Stirnbänder tragen, möglicherweise einen Ball ins Spiel geschmuggelt haben, mit dem sich merkwürdige Sachen anstellen lassen?«

»Beziehungsweise, dass sie einen solchen Ball wieder aus dem Spiel genommen haben, nachdem er seinen Zweck erfüllt hatte. Ja, im Augenblick scheint mir das die einzig logische Erklärung. Auch wenn ich keine Ahnung habe, wie das mit den verrückten Torschüssen vor sich gehen soll.«

»Es ist die einzige Spur, die wir überhaupt haben«, meinte Bob. »Die nächste Frage ist allerdings, wie wir dieser Spur nachgehen sollen.«

»Indem wir jetzt erst einmal den Ball in Augenschein nehmen«, erwiderte Justus. »Als Linienrichter kommen wir ja in die Schiedsrichterkabine. Dort sollte der Ball liegen.«

»Oder eben nicht«, sagte Bob.

»Ja«, stimmte Justus zu. »Lass uns das herausfinden.«

Unheimliche Begegnung

Justus und Bob begaben sich in die Umkleidekabinen des Stadions. Diese befanden sich nicht, wie in den großen Fußballstadien, unter der Erde, sondern in einem flachen Gebäude neben dem Spielfeld.

Als sie den langen, etwas düsteren Gang betraten, von dem die Kabinen abgingen, drangen ihnen die Stimmen der Mannschaften entgegen. Die aus der Umkleide der *Rocky Beach Socceroos* waren eindeutig lauter, auch wenn durch die geschlossene Tür nicht zu verstehen war, was genau gesagt wurde. Die Schiedsrichterkabine lag weiter den Flur hinunter. Nach dem hellen Sonnenschein im Freien kam Justus und Bob das Halbdunkel im Gebäude vor, als sei es plötzlich später Abend geworden.

Rasch liefen sie auf die Schiedsrichterkabine zu, als sie am Ende des Ganges eine Bewegung wahrnahmen. Ein dunkler Schatten huschte dort um die Ecke.

»Da war jemand«, flüsterte Bob.

»Sofort hinterher.« Justus beschleunigte seine Schritte. »Das wirkt ganz so, als ob da jemand nicht gerne gesehen werden wollte.«

Als Bob und Justus das Ende des Ganges erreichten, erkannten sie, dass dieser eine weitere Biegung machte. Von dort ertönte ein leises Klappern. Vorsichtig lugten die Freunde um die Ecke. Eine angelehnte Tür führte auf der Rückseite des Gebäudes ins Freie. »Da lang!« Justus wies auf die Tür. Sie liefen hinaus. Doch von der Gestalt war nichts mehr zu sehen.

»Mist.« Bob sah auf den Boden. »Steinplatten. Und direkt dahinter kommt der asphaltierte Parkplatz.« Er deutete auf eine Parkfläche, auf der die Wagen der Stadionbesucher dicht an dicht in der hellen Sonne parkten. Es war kein Mensch zu sehen. »Da kann man sich leicht verstecken. Und auf dem harten Boden ist leider kein einziger Fußabdruck zu erkennen.«

Justus sah sich ebenfalls um. »Aber was war das eben für ein Klappern?«

»Vielleicht die Tür?«, mutmaßte Bob.

Justus schüttelte den Kopf. »Hier geht nicht der leiseste Windhauch. Es klang auch anders.« Er schaute in einen großen Papierkorb, der dicht neben der Tür stand. Doch dieser war vollkommen leer.

»Wer auch immer das war, derjenige ist wahrscheinlich über den Parkplatz geflohen«, vermutete Bob. »Oder er versteckt sich zwischen den Autos. Den finden wir nicht. Außerdem haben wir nur noch ein paar Minuten Halbzeitpause. Dann geht das Spiel weiter.«

»Das ist ungünstig«, gab Justus zu. »Darum sollten wir jetzt zurückgehen. Wir müssen nach dem Ball suchen und uns auch in der zweiten Halbzeit unbedingt auf die Ermittlungen konzentrieren. Und ich weiß schon, wie wir das anstellen.«

Justus und Bob machten kehrt und gingen zu John Edwards in die Schiedsrichterkabine.

»Na, Jungs, was hat euch denn so lange draußen aufgehalten? Wollt ihr gar keinen Tee?« Der Schiedsrichter wies auf eine große Kanne auf dem Tisch. »Das ist ja wirklich ein seltsames Spiel. Solche Tore habe ich in meiner Schiedsrichterlaufbahn noch nie erlebt.«

Während Justus Bob und sich einen Tee eingoss, sagte er: »Das hat wohl keiner von uns, Mr Edwards.«

Er trank einen Schluck und ging dann auf den Ball zu, der auf dem Schiedsrichtertisch lag. »Ist das der Ball, den der Balljunge für Sie getragen hat?«

Der Schiedsrichter nickte. »Ja, er lag schon hier auf dem Tisch, als ich reinkam. Das macht den Balljungen immer Freude, wenn sie helfen dürfen.«

Justus horchte auf. »Und wo war der Balljunge?«

»Er war schon wieder weg. Ich vermute, er ist zurück aufs Feld gelaufen.«

»Sind eigentlich alle Bälle von Ihnen bereitgestellt worden, auch die, die am Spielfeldrand verteilt sind?«, wollte Bob wissen.

John Edwards schüttelte den Kopf. »Nein, kein einziger. Die Bälle waren schon da, als ich ankam. Normalerweise stellt die Heimmannschaft sie zur Verfügung.«

Justus warf Bob einen vielsagenden Blick zu. »Und die wird wohl kaum dafür sorgen, dass der eigene Torwart dauernd hinter sich greifen muss«, flüsterte er.

»Es sei denn, Skinny hat mit der Sache zu tun«, gab Bob ebenso leise zurück.

Justus nahm den Ball und betrachtete ihn von allen Seiten. »Wie ein Zauberball sieht der nicht aus«, sagte er dann laut.

»Zauberball«, fragte der Schiedsrichter. »Was meinst du denn damit?«

»Ach.« Justus winkte scheinbar verlegen ab und flunkerte dann: »Wir haben jemanden auf der Tribüne sagen hören, der Ball sei wie verhext geflogen. Da haben wir ihn Zauberball getauft.«

Mr Edwards wiegte den Kopf. »Das war wirklich extrem merkwürdig. Aber der Ball ist ganz normal. Ich habe ihn auch schon untersucht, ob er vielleicht ein Loch hat oder irgendwo gerissen oder aufgeplatzt und deswegen so unberechenbar geflogen ist.« Er nahm Justus den Ball aus der Hand. »Aber der ist ganz in Ordnung.«

»Wo sind denn all die anderen Bälle?«, wollte Justus wissen.

»Die liegen rund um das Spielfeld verteilt, da, wo sie hingehören«, erklärte der Schiedsrichter. »Meistens kicken die Balljungen in der Pause auch ein bisschen damit.«

Bob und Justus nickten. Dann fragte Justus plötzlich geradeheraus: »Haben Sie denn schon einmal von manipulierten Bällen gehört?«

»Nein!« John Edwards lachte. »So was gab es noch nie. Und so was wird es auch nie geben. Wie soll denn jemand einen Fußball auf dem Feld manipulieren? Man müsste irgendeine Kraft von außen an den Ball anlegen, wie einen starken Wind, der den Ball durch die Luft gleiten lassen kann und seine Bahn verändert. Das geht nicht. Und schon gar nicht unbemerkt.«

»Es gibt also Ihrer Kenntnis nach keine Möglichkeit, einen Fußball anders zu lenken als durch den Schuss?«, hakte Bob nach.

»Richtig!«, sagte Mr Edwards ernsthaft. »Das Verrückteste, was ich einmal gesehen habe, war, dass ein Torwart den Ball nach einem Elfmeter weggefaustet hat und dann jubelnd vor sein Tor gesprungen ist. Dabei hat der starke Wind, der im Stadion herrschte, den Ball hinter seinem Rücken doch noch in die Maschen geweht. Aber hier herrscht heute kein Wind. Ich glaube, das waren zwei extrem unglückliche Tore. Das macht den Fußball ja wiederum so spannend. Auch, wenn es für den Torwart in diesem Moment ziemlich grausam gewesen sein muss.«

»Allerdings«, sagte Justus. Dann fügte er plötzlich hinzu: »Sir, wäre es für Sie in Ordnung, wenn mein Freund und ich die zweite Halbzeit nicht weiter als Linienrichter bestreiten?«

»Wieso das denn? Ihr habt eure Aufgabe doch gut gemacht«, rief John Edwards.

Justus griff erneut zu einer kleinen Notlüge. »Es hat auch Spaß gemacht. Aber offen gestanden, bin ich ganz schön kaputt. Ich bin es nicht gewohnt, als Linienrichter das Spielfeld auf und ab zu rennen.«

»Na gut, mein Junge«, nickte der Schiedsrichter. »Dann werde ich einen der Balljungen bitten, für dich zu übernehmen.«

»Vielleicht freut sich ja der mit dem roten Stirnband, der Ihnen den Ball getragen hat«, schlug Justus vor. »Wir fänden es fair, wenn in der zweiten

Hälfte vielleicht zwei Jungen aus Los Angeles übernehmen. Vorhin haben wir nämlich auch gehört, wie sich ein Spieler beschwert hat, dass die Linienrichter aus Rocky Beach sind.«

Der Schiedsrichter nickte. »In Ordnung. Aber welchen nehme ich?«

»Der andere mit dem roten Stirnband auf meiner Seite war auch supergut«, sagte Bob rasch.

»Na gut«, befand Mr Edwards. »Dann schickt die beiden doch zu mir. Ihr müsst mir aber noch eure Uniformen geben. Für die beiden habe ich frische hier im Schrank. Ihr müsst euch umziehen. Sonst droht Verwechslungsgefahr.«

»Dürfen wir denn das Spiel weiter vom Feldrand aus verfolgen?«, fragte Justus.

»Das geht in Ordnung.« Der Schiedsrichter lächelte. »Und jetzt beeilt euch, es geht gleich weiter.«

Justus und Bob zogen sich schnell um und verließen die Kabine dann Richtung Spielfeld. Als sie dort ankamen, sahen sie, wie die Balljungen sich wirklich am Feldrand einen Ball zuspielten.

Spurensuche

»Die beiden sind tatsächlich die Einzigen, die Stirnbänder tragen«, flüsterte Bob Justus zu. »Und wenn man sie so nebeneinander sieht, könnte man denken, dass sie Brüder sind. Sie sehen sich nämlich ziemlich ähnlich. Der mit den langen Haaren wirkt wie der Ältere von den beiden.«

»Das stimmt«, gab Justus zurück. »Sie haben beide die gleichen blauen Augen und die gleichen scharf geschnittenen Nasen. Und es sind außerdem die beiden, die den Ball vor den seltsamen Ereignissen und am Ende der Halbzeit zuletzt in Händen hatten.« Er biss sich auf die Lippen. »Aber jetzt lass uns sehen, wie die beiden reagieren.«

Er ging auf die Jungen zu. »Hallo, wir beide werden in der zweiten Halbzeit nicht mehr als Linien-

richter auflaufen. Ich bin völlig ausgelaugt und mein Freund auch. Der Schiedsrichter fragt, ob ihr beide das übernehmen wollt.«

»Wir als Linienrichter?« Die Jungen warfen sich einen fragenden Blick zu. Doch dann nickte der Langhaarige. »Klar, das machen wir.«

»Wie kommt ihr denn ausgerechnet auf uns?«, fragte der andere Junge.

Bob lachte. »Ihr seht beide fit aus. Und ihr seid uns aufgefallen, weil ihr beide Stirnbänder tragt.«

»Ach so ...« Der kurzhaarige Junge schob Justus den Ball zu. »Hier, ihr könnt weiterspielen. Wir gehen dann rein!«

Bob sah ihnen nach. »Besonders glücklich wirkten die beiden nicht gerade.«

»Eher ein wenig erschrocken«, stimmte Justus zu. »Aber das ist noch lange kein Beweis, dass sie etwas mit den merkwürdigen Ereignissen zu tun haben. Dennoch werden wir sie in der zweiten Halbzeit genau beobachten. Außerdem sollten wir versuchen herauszufinden, wer der Unbekannte in der Halbzeitpause war und was er in den Kabinen wollte. Und schließlich haben wir meiner Meinung nach noch einen möglichen Verdächtigen.«

»Skinny!«, nickte Bob. »Er könnte es darauf abgesehen haben, für Peter ins Tor zu kommen. Auch, wenn ich ihm einen so genialen Trick eigentlich nicht zutraue.«

Justus und Bob sahen sich um. Die Mannschaften waren noch in den Kabinen. Bob kniff die Augen zusammen. Auf der Zuschauertribüne saß eine winkende Gestalt, genau neben Onkel Titus und Tante Mathilda. »Da ist Kommissar Reynolds!« Die beiden liefen zu ihm.

Der Kommissar stand auf und kam an die Werbebande, die die Tribüne zum Feld hin begrenzte. »Jungs, das ist toll, euch hier zu sehen!«, rief er. »Auch wenn die Tore, die Peter sich da eingefangen hat, ihm wahrscheinlich noch einige schlaflose Nächte bereiten werden.«

»Oder auch nicht, Sir«, meinte Justus.

Der Kommissar hielt ein riesiges Stück Kirschkuchen in der Hand, in das er jetzt hineinbiss. Kauend fragte er: »Ihr glaubt doch nicht, dass da etwas nicht mit rechten Dingen zugegangen ist?«

»Wir wissen es nicht, aber es waren schon sehr merkwürdige Tore«, gab Justus leise zurück. »Das müssen wir jedoch alles erst untersuchen.«

»Na, keiner schafft es, vor euch die Wahrheit zu verbergen«, lächelte Reynolds. »Schließlich habe ich euch nicht umsonst unter dem Siegel der Verschwiegenheit zu meiner geheimen Spezialeinheit

ernannt.« Justus und Bob nickten. Schon oft hatten die drei ??? Kommissar Reynolds bei der Aufklärung schwieriger Fälle geholfen oder ihn überhaupt erst auf die Spur ungewöhnlicher Verbrechen gebracht.

Begehrlich betrachtete Justus das Kuchenstück. »Haben Sie das von meiner Tante, Sir?«

»Ja, und es ist leider das letzte«, erwiderte Reynolds. »Ihr esst ja wohl heute keinen Kirschkuchen, wie ich gehört habe.« Er schmunzelte.

Justus seufzte. »Das stimmt.« Er wechselte noch einmal das Thema. »Haben Sie zufällig gesehen, ob Skinny Norris in der Pause mit irgendjemandem gesprochen hat, bevor er in die Kabine gegangen ist?«

Kommissar Reynolds nickte. »Ja! Er hat mit einem Zuschauer in einer blauen Jacke geredet. Direkt hinter der Trainerbank.«

»War das jemand von seiner Mannschaft?«, hakte Bob nach. »Ein Spielervater oder so?«

Der Kommissar schüttelte den Kopf. »Nein, ich kenne den Mann nicht. Wahrscheinlich irgendein Bekannter der Norris. Heute sind ja wirklich viele Gäste in Rocky Beach. So, und jetzt setze ich mich wieder. Mal sehen, ob die zweite Hälfte genauso verrückt wird wie die erste.«

In diesem Moment kamen die Mannschaften und auch das Schiedsrichtergespann zurück aufs Feld gelaufen.

Bob deutete auf Peter, der seine Mannschaft erneut als Kapitän aufs Feld führte und seinen Platz zwischen den Pfosten einnahm. »Peter ist weiterhin im Tor! Der Trainer hat ihn nicht ausgewechselt!«

Aufmerksam beobachtete Justus Skinny. Dieser flegelte sich auf die Ersatzbank und sah überhaupt nicht zufrieden aus.

»Ich bin gespannt, was uns jetzt erwartet«, raunte der Anführer der drei ??? Bob zu. Dann stellten sie sich an den Spielfeldrand und warteten auf den Anpfiff.

Zweite Halbzeit

Für die zweite Halbzeit hatten sich die *Rocky Beach Socceroos* offensichtlich vorgenommen, das Blatt zu wenden. Peters Mannschaft stürmte furios und es gelang ihr tatsächlich, innerhalb weniger Minuten den Anschlusstreffer zu erzielen. »Ja!«, jubelte Peter laut vor seinem Tor.

»Nur noch ein Tor Rückstand«, rief er seinen Mitspielern zu. »Das schaffen wir.«

Natürlich aber wollte sich *Los Angeles United* nicht die Butter vom Brot nehmen lassen, zumal die Mannschaft immer noch führte.

In den nächsten fünf Minuten wogte ein kampfbetontes Spiel hin und her, doch keine der Mannschaften schaffte es, sich einen Vorteil zu erarbeiten. Beim nächsten Angriff von *Los Angeles United* gelang es einem Mittelfeldspieler aus Peters Mannschaft nur mit einer gewaltigen Grätsche, seinem Gegenspieler den Ball wegzuspitzeln. Der abgegrätschte Ball flog direkt auf den langhaarigen Linienrichter mit dem roten Stirnband zu. Der Junge versuchte ihn zu stoppen, erwischte das Leder jedoch dabei augenscheinlich so unglücklich mit dem Fuß, dass es direkt ins Publikum flog. Dort landete der Ball genau in den Armen eines Luftballonverkäufers. Dieser hatte eine riesige Traube bunter Luftballons an einem Handkarren mit großen Speichenrädern befestigt, die über seinem Kopf schwebte. Auf dem Wagen stand eine große Gasflasche, mit der der hagere Mann die Ballons befüllen konnte.

Geistesgegenwärtig fing der Verkäufer den Ball auf. Dabei geriet er mit seinen Armen für einen Augenblick in das Gewimmel der bunten Luftballons, die wild um ihn herumtanzten. Der Mann schien sogar das Gleichgewicht zu verlieren, denn plötzlich schwankte er unsicher hin und her und riss dabei die riesige Ballontraube mit sich, sodass diese

sich heftig auf und ab bewegte und gegen die Oberseite des Wagens stieß.

Das Publikum lachte, denn der Ballonverkäufer wirkte ein wenig wie ein Clown, der mit einem Ball und vielen Luftballons zu kämpfen hatte.

Unten am Rasen rollte einer der Balljungen dem Linienrichter mit dem Stirnband einen anderen Ball für den Einwurf zu. Doch dieser winkte ab. »Wir nehmen den aus dem Publikum! Nicht, dass der da oben verschwindet. Die Bälle sind teuer!« Er wandte sich dem Ballonverkäufer zu und bedeutete diesem mit ausgestreckten Armen, den Ball zurückzugeben. Einen Augenblick später warf der Verkäufer den Ball aufs Spielfeld.

Nachdenklich griff sich Justus an die Unterlippe.

»Was denkst du?«, wollte Bob wissen.

Justus ließ seine Unterlippe wieder los. »Wollen wir wetten, dass gleich wieder etwas Merkwürdiges passiert?«

Bob stutzte. »Hast du etwas gesehen, das ich nicht gesehen habe?«

»Eigentlich nicht«, gab Justus zurück. »Aber höchstwahrscheinlich etwas gedacht, das du nicht gedacht hast.«

»Und was sollte das sein?«, fragte Bob.

Justus antwortete nicht. Stattdessen beobachtete er aufmerksam das Spielfeld. Denn nun warf der Linienrichter den Ball einem Spieler von *Los Angeles United* zu. Dieser führte den Einwurf aus. In hohem Bogen flog der Ball Richtung Strafraum der *Rocky Beach Socceroos*. Ehe einer der Verteidiger ihn wegschlagen konnte, sprintete ein Angreifer von Los Angeles heran und spitzelte den Ball über ein ausgestrecktes Verteidigerbein hinweg in Richtung Tor. Peter kam aus dem Tor, warf sich dem Ball entgegen und begrub ihn unter sich. Das Publikum klatschte begeistert. Doch dann geschah einmal mehr in diesem Spiel etwas geradezu Unglaubliches.

Unter dem Applaus seiner Mitspieler stand Peter eben wieder auf, als ihm der Ball plötzlich aus den Händen glitt. Und nicht nur das. Er fiel direkt auf sei-

nen Fuß und hüpfte von dort weiter ins Tor. Die Zuschauer stöhnten auf. Und einige lachten Peter auch hemmungslos aus.

»So etwas gibt es nicht«, murmelte Bob.

»Ich habe doch gesagt, dass etwas passieren wird«, gab Justus zurück. »Und jetzt ist glasklar, dass dieser Ball manipuliert ist.«

»Warum bist du da so sicher?«, fragte Bob.

Justus sah seinen Freund an. »Weil die Aktion mit dem Ballonverkäufer vor dem Einwurf ganz sicher dazu gedient hat, den Ball gegen einen anderen auszutauschen. Warum hat sich der Linienrichter keinen Ball von einem Balljungen zuwerfen lassen? Das hätte das Spiel viel besser im Rhythmus gehalten. Und wieso hat derselbe Linienrichter den Ball zuvor genau in die Arme des Ballonverkäufers geschossen? Das war kein Zufall! Dieser Ball muss in irgendeiner Weise lenkbar sein. So einen furchtbaren dritten Patzer würde Peter nicht begehen!«

»Das sehen die Zuschauer aber anders«, meinte Bob bedrückt. »Und jetzt steht es 3:1 für Los Angeles. Trotzdem glaube ich, du liegst richtig, Just. Denn auch diesen Fehler gab es in der Fußballgeschichte bereits. Und das war schon die dritte Wiederholung berühmter Torwartfehler. Hier geht etwas ganz und gar nicht mit rechten Dingen zu!«

In diesem Moment stand der Trainer von Rocky Beach auf und winkte seinem Keeper zu. »Peter!«, rief er. »Es tut mir leid. Aber ich muss dich schützen. Du wirst ja heute vom Pech verfolgt. Ich werde dich jetzt gegen Skinny auswechseln.«

Peter nickte stumm. Er streifte seine Torwarthandschuhe und seine Kapitänsbinde ab. Mit gesenktem Kopf lief er zum Spielfeldrand.

»Es tut mir sehr leid, Trainer«, stammelte er. »Ich weiß überhaupt nicht, was mit mir los ist. So etwas habe ich noch nie erlebt.«

»So etwas kann man im Grunde auch nicht erleben«, erwiderte sein Trainer und schlug Peter auf die Schulter. »Aber Kopf hoch! Geh am besten gleich duschen. Ich nehme es dir nicht übel. Es ist ein gebrauchter Tag für dich.«

Skinny, der schon bereitstand, grinste höhnisch. Er verkniff sich aber jedes Wort, als er nun ins Tor lief, ohne Peter abzuklatschen. Dort angekommen sah er ins Publikum und hob die rechte Hand mit ausgestrecktem Daumen. Im selben Moment tat ein Zuschauer im Publikum dasselbe.

»Hast du das gesehen?«, rief Bob Justus zu. »Skinny und der Mann mit der blauen Jacke geben sich Zeichen. Das ist der Typ, mit dem Skinny in der Halbzeitpause gesprochen hat.«

»Allerdings!«, gab Justus zurück.

In diesem Moment kam Peter an Justus und Bob vorbei.

»Peter«, hielt Bob ihn auf. »Das war wieder ein berühmter Torwartfehler, den es schon einmal gegeben hat. Ich bin sicher, dass das alles kein Zufall ist. Es kann nicht sein, dass du dreimal so danebengreifst.«

Peter riss die Augen auf. »Aber wie kann mir das passieren?«

»Weil der Ball etwas tut, das du nicht verhindern

kannst«, antwortete Justus. »Bob und ich haben in der Pause einen Balljungen verfolgt, der den Ball in die Kabine gebracht hat. Er ist uns aber entwischt. Stattdessen haben wir ein seltsames Klappern gehört. Und ich bin inzwischen auch sicher, was das war.« Er deutete auf den Ballonverkäufer, der immer noch mit seinem Karren am oberen Rand der Zuschauertribünen stand. »Dieser alte Wagen hat große Räder. Die klappern garantiert ziemlich laut, wenn man ihn hastig wegschiebt. Aber da ist noch etwas. Ihr wisst ja, warum diese Ballons fliegen?«

»Natürlich«, nickte Peter. »Weil sie mit Gas gefüllt sind.«

»Und Gas kann man auch benutzen, um Fluggeräte zu steuern«, sagte Bob plötzlich. »Just, ich glaube, du bist auf eine sehr heiße Spur gestoßen.«

»Moment mal!« Peter hob fragend die Hände. »Was redet ihr da?«

»Der Spielball wurde genau vor dem letzten Tor ausgetauscht«, erwiderte Justus. »Die beiden Linienrichter mit den Stirnbändern waren in der ersten

Halbzeit Balljungen. Und bevor die beiden seltsamen Tore gefallen sind, hat einer von ihnen den Ball vermutlich ebenfalls ausgetauscht.«

»Und dann hat ihn der andere in der Halbzeitpause an sich genommen und ihn bestimmt wieder durch einen normalen Ball ersetzt«, ergänzte Bob.

»Und ich weiß auch, warum«, nickte Justus. »Der Ball musste nachgefüllt werden. Mit Gas! Denn wahrscheinlich war das Gas nach den beiden Toren verbraucht.«

Peter starrte seine Freunde an. »Normalerweise werden Bälle mit Luft aufgepumpt.«

»Eben«, sagte Justus. »Aber wenn man stattdessen Gas einsetzt, kann man damit anscheinend solche Flugmanöver machen. Ich weiß nicht genau, wie es technisch funktioniert. Aber irgendwie muss das Gas durch Düsen aus dem Ball ausgestoßen werden und so dessen Flugbahn ändern.«

Peter wurde blass. »Das würde alles erklären«, stammelte er. »Der Ball kam mir wie lebendig vor. Ich hatte wirklich schon Angst, es mit einem verrückten Fußballzauber zu tun zu haben.«

»Ganz bestimmt nicht«, sagte Justus. »Aber dafür haben wir es ganz sicher mit einem Fall für die drei ??? zu tun.«

»Und was machen wir jetzt?«, fragte Bob.

»Wir sollten den Ballonverkäufer beobachten«, schlug Justus vor. »Wir müssen denjenigen finden, der diesen Ball lenkt. Das könnte der Ballonverkäufer sein.«

»Und was ist mit den Linienrichtern?«, fragte Bob.

»Ich glaube, sie sind nur dafür verantwortlich, den steuerbaren Ball im entscheidenden Moment ins Spiel zu bringen«, gab Justus zurück.

»Da wäre allerdings noch ein Verdächtiger«, gab Bob zu bedenken. »Vielleicht hat auch der seltsame Typ damit zu tun, mit dem Skinny geredet hat und dem er eben ein Zeichen gegeben hat. Schließlich steht Skinny jetzt im Tor.«

»Was?«, sagte Peter. »Dann sollten wir den zuerst überprüfen. Wenn Skinny mit irgendjemandem dafür gesorgt hat, dass ich aus dem Tor fliege und er einspringen kann, will ich das rausfinden!«

Beuteschema

Justus nickte. »Gut, Peter! Skinny hat dich aus dem Tor verdrängt. Das könnte ein Motiv sein.«

»Natürlich!«, sagte Peter. Als Torwart muss ich mir das Vertrauen der Mannschaft und des Trainers jetzt erst wieder erarbeiten. Und das wird nicht leicht sein.«

»Nur, wenn es uns nicht gelingt aufzuklären, was hinter dieser Sache steckt«, meinte Bob. Er schlug Peter aufmunternd auf die Schulter und sagte zu Justus. »Wie machen wir also weiter?«

Justus musste nicht lange überlegen. »Ich denke, wir sollten herausfinden, warum Skinny mit diesem Mann in Kontakt steht. Und dabei gehen wir am besten ohne Umschweife vor und versuchen, den Unbekannten aufs Glatteis zu locken.«

»Und wie soll das vor sich gehen?« Peter fuhr sich durch die Haare. »Wir können den Mann doch nicht einfach fragen, ob er ein raffinierter Betrüger ist!«

Justus lächelte. »Aber wir können mit ihm darüber reden, worüber gerade alle im Stadion sprechen.« Er zögerte nicht länger und ging, gefolgt von Bob und Peter, hinter die Trainerbank der *Rocky Beach Socceroos*.

Der Mann mit der blauen Jacke beobachtete gebannt das Spiel. Soeben hatte Skinny den ersten Ball gehalten. Er hatte keine Glanzparade zeigen müssen, aber eine hohe, in den Strafraum geschlagene Flanke sicher abgefangen.

»3:1 für *Los Angeles United*«, sprach Justus den Mann an. »Das wird nicht leicht wieder aufzuholen sein für Rocky Beach. Schon gar nicht, wenn weiterhin so seltsame Tore fallen.«

»Wie bitte?« Der Mann blickte auf. Dann schüttelte er den Kopf. »Solche Tore habe ich noch nie gesehen. Und ich glaube, ohne sie wäre mein Schützling auch gar nicht eingewechselt worden.«

Er sah Peter an. »Du hast nämlich ansonsten sehr gut gehalten. Aber diese Tore waren vollkommen verrückt. Wenn das Spiel heute nicht nur zwischen zwei Jugendmannschaften stattfände und im Fernsehen liefe, dann ginge es in die Annalen der Fußballgeschichte ein.«

Interessiert sah Justus den Mann an. »Skinny Norris ist Ihr Schützling?«

»Ja, natürlich!« Der Mann griff in seine Tasche und zog eine Visitenkarte vor. »Jack Adams, ich bin Spielerberater.« Er sah Peter an. »Wenn du auch Profi werden willst, sprich mich jederzeit an. Diese Fehler heute, über die wird jeder, der dich kennt, noch lange sprechen. Aber wenn ich den richtigen Leuten dann erzähle, dass du wirklich gut bist – dann könntest du durchaus zum Helden werden. Der Torwart, der nie aufgibt! Vorausge-

setzt natürlich, du leistest dir solche merkwürdigen Schnitzer nie wieder. Aber ehrlich gesagt kann ich mir nicht vorstellen, dass einem so etwas im Leben mehr als einmal passiert.«

»Sie sind Spielerberater?«, fragte Peter verdattert.

Jack Adams nickte. »Skinny Norris bittet mich seit Wochen, dass ich ihn unter Vertrag nehme. Ich habe ihm gesagt, dass ich ihn bisher nicht gut genug erlebt habe, als dass es für eine Profilaufbahn reichen würde. Dennoch habe ich ihm versprochen, dass ich mir das Spiel heute ansehe. Er war natürlich enttäuscht, dass er nicht von Anfang an im Tor stand. Aber jetzt kann er sich ja noch auszeichnen.«

»Das ist wahr«, sagte Justus. »Aber wie haben Sie es denn geschafft, Mr Adams, dass Skinny eingewechselt wurde?«

Der Spielerberater wandte dem Anführer der drei ??? ruckartig den Kopf zu. »Ich? Wie soll ich das schaffen? Du glaubst doch nicht, dass ich für diese verrückten Tore verantwortlich bin?«

»Der Ball fliegt aber wirklich seltsam«, sagte Justus leise.

Jack Adams sah Justus aufgebracht an. »Selbst wenn ich es könnte, würde ich niemals einen Spieler durch unlautere Methoden auf den Platz bringen. Ich habe einen Ruf zu verlieren! Ich bin hier, um Skinny Norris zu beobachten. Und ich sage euch eins, Jungs: Niemand kann einen Ball so beeinflussen. Falls doch und falls Skinny es irgendwie geschafft haben sollte, damit er eingewechselt wird, dann bekommt er nie einen Vertrag. Bei keinem Spielerberater und bei keinem Verein der Welt.« Jack Adams schüttelte den Kopf. »Und ehrlich gesagt, Skinny ist ein ehrgeiziger Junge, aber ich halte ihn nicht für intelligent genug, um so etwas durchzuziehen.« Der Mann lehnte sich zurück und verschränkte die Arme vor der Brust. »Jungs, ich verstehe euer Misstrauen bei diesen Toren und ich überhöre die Anschuldigung dieses eine Mal. Und wenn einer von euch einen Spielerberater braucht, dann wisst ihr jetzt ja, wo ihr mich findet.«

»Ich will kein Profitorwart werden«, sagte Peter.

»Dann brauchst du mich auch nicht.« Jack Adams wandte sich wieder dem Spielfeld zu. »Und ich gucke jetzt weiter.«

Die drei ??? entfernten sich und liefen in Richtung Spielerkabinen.

»Was er sagt, hat Hand und Fuß«, befand Bob.

»Ja«, stimmte Justus zu. »Wenn Skinny ihn beauftragt hat, dann muss Skinny zeigen, was er kann. Und ich kann mir ebenfalls nicht vorstellen, dass Skinny in der Lage ist, einen Ball so zu manipulieren, wie wir es vermuten.«

»Und schon gar nicht von der Ersatzbank aus«, fügte Peter hinzu. »Allerdings«, fuhr er dann fort, »hat Mr Adams noch etwas sehr Wichtiges gesagt. Dieses Spiel ist auf der großen Sportbühne nur ein ganz kleines Ereignis, selbst wenn es uns um den Einzug ins Endspiel geht. Es sind einfach nur zwei Jugendmannschaften, die aufeinandertreffen. Das Spiel und sein Ergebnis tauchen höchstens in einer Spalte in einer regionalen Sportzeitung auf. Und wenn es wirklich stimmt, dass der Ball manipuliert wird, dann wäre dieses Spiel ein super Testfeld, um das auszuprobieren. Denn wenn es hier klappt, dann kann man damit auch ein richtig großes Spiel beeinflussen.«

»Das ist ein genialer Gedanke, Peter!«, sagte Justus. »Ein Testspiel für einen steuerbaren Ball! Die Kulisse ist ideal dafür. Es sind genug Zuschauer dabei, um zu sehen, ob es vor Publikum funktioniert. Und es ist zu unbedeutend, als dass es in der großen Welt des Sports auffallen würde. Und das bedeutet, Skinny dürfte damit kaum noch länger unser Verdächtiger sein. Alles, was er wollte, war, im Tor zu stehen. Deswegen hat er versucht, Peter nervös zu machen. Doch vielleicht hat ihm dabei einfach nur der Zufall in die Hände gespielt.«

»Ein Zufall, der von anderen geschaffen wurde«, meinte Bob.

»Und zwar von jemandem, der die Jungs mit den roten Stirnbändern dazu einsetzt, den Ball auszutauschen. Und von dem Ballonverkäufer, der ver-

mutlich irgendwas mit dem Ball anstellt. Den nehmen wir jetzt unter die Lupe.«

»Ich bin dabei!«, erklärte Peter. »Wenn mir jemand die Bälle so fies in die Maschen gejagt hat, dann soll derjenige Farbe bekennen. Aber erst muss ich mich noch umziehen. Ich kann hier nicht länger im Torwarttrikot rumlaufen.«

Unter Verdacht

Im Gebäude mit den Umkleidekabinen war es totenstill.

»Und jetzt suchen wir diesen Ballonverkäufer«, erklärte Justus einige Minuten später.

»Wie soll das eigentlich gehen, dass jemand mit Gas einen Ball steuern kann?«, wollte Peter wissen.

»Na, vielleicht so, wie zum Beispiel auch ein aufgeblasener Ballon wegfliegt, wenn man ihn nicht zuknotet«, überlegte Justus. »Ich stelle mir vor, im Ball befindet sich anstatt einer Luftblase eine mit Gas gefüllte Blase.«

»Aber wie bist du darauf gekommen?«, fragte Peter weiter.

»Ich habe eins und eins zusammengezählt«, erklärte Justus. »Zunächst fliegt der Ball, als sei er ferngesteuert. Dann haben Bob und ich das seltsame Klappern im Kabinentrakt gehört. Außerdem ist der Ball ausgetauscht worden. Und schließlich hat mich die Gasflasche des Ballonverkäufers darauf gebracht, die auf so einem Klapperwagen steht. Für mich sind das eindeutige Hinweise, die meine Annahme bestätigen. Ich gehe also davon aus, dass in dem mit Gas befüllten Ball mehrere Ventile angebracht sind, die in verschiedene Richtungen zeigen.«

Peter bekam große Augen. »Natürlich«, setzte er Justus' Überlegung fort. »Dann könnte man je nachdem, durch welches der Ventile man das Gas austreten lässt, den Ball in verschiedene Richtungen fliegen lassen.«

»Genau«, meinte Justus. »Die Ventile sind sozusagen die Antriebsdüsen. Und indem man diese miteinander kombiniert, kann man den Ball steuern.«

Peter nickte eifrig. »Na klar! Das Gas könnte man durch die Nähte zwischen den Fünf- und Sechsecken austreten lassen, aus denen der Ball zusammengesetzt ist.«

»Genau«, meinte Bob. »Immerhin besteht ein klassischer Fußball aus zwanzig Sechs- und zwölf Fünfecken, die zusammengenäht werden. Da sind genug Öffnungen vorhanden.«

Peter verzog den Mund. »Wenn das so ist, hätte man einen Fußball, der wie eine Drohne funktioniert. Dann braucht man dazu wahrscheinlich nur noch eine Fernbedienung.«

»Genau das vermute ich!«, sagte Justus.

Peter schaute wütend drein. »Von außen sah der Ball ganz gewöhnlich aus. Und er hat sich auch völlig normal angefühlt. Das ist so ein fieser Trick, da wäre ich nie drauf gekommen.« Bewundernd sah er Justus an. »Du hast wirklich ein wahnsinnsdetektivisches Gehirn! Wenn du kein Detektiv wärst, könntest du glatt zum Verbrecher werden.«

Justus nickte ernsthaft. »Man muss die Untaten, die andere planen und begehen, durchschauen können. Nur so kommt man den Tätern auf die Schliche. Allerdings muss ich zugeben, dass es mir auch großen Spaß macht, solche Rätsel auszutüfteln.«

»Dann sorgen wir jetzt dafür, dass den Gaunern das Vergnügen vergeht«, sagte Peter entschlossen.

Seite an Seite machten sich die drei ??? auf den Weg ins Freie.

»Wir müssen die Steuerungsanlage des Balls finden«, sagte Justus. »Und denjenigen, der sie bedient. Dazu sollten wir zuerst den Ballonverkäufer genauer unter die Lupe nehmen.«

Vorbei am Gebäude mit den Umkleidekabinen betraten sie die Zuschauerränge. Doch es war schwer, sich einen Überblick zu verschaffen zwischen den vielen Menschen, die Fahnen schwenkten, sich miteinander unterhielten, jubelten oder plötzlich aufstanden, um sich etwas zu trinken zu holen.

»Lasst uns in die obersten Ränge gehen«, schlug Bob vor. »Da ist es nicht so voll und von oben können wir die Lage besser peilen.«

Justus nickte. »Du hast recht. Los, Freunde!«

Rasch stiegen Peter, Justus und Bob eine Treppe in den letzten Rang hinauf. Oben angekommen, schauten sie suchend durch das Stadionrund.

»Komisch«, meinte Bob. »Der Mann scheint verschwunden zu sein. Ich entdecke keinen einzigen Luftballon.«

»Ich auch nicht«, stimmte Peter zu. »Dabei müsste er doch sehr gut zu sehen sein.«

»Moment«, wandte Justus ein. »Mit solchen Ballons durch die Menge zu laufen, würde die Leute wahrscheinlich auf Dauer ziemlich nerven. Denn ihnen würde dadurch die Sicht versperrt. Gehen wir doch einmal davon aus, dass der Ballonverkäufer mit seinem

Wagen nur deshalb unter die Zuschauer gegangen ist, um den Ball austauschen zu können. Danach ist er wahrscheinlich so schnell wie möglich wieder verschwunden. Und wenn wir außerdem bedenken, dass der frisch gefüllte Ball, der ja für die erste Halbzeit gereicht zu haben scheint, nun auch für die zweite Halbzeit reichen sollte, wird diese Tarnung nicht mehr benötigt.«

»Aber dann hat es auch keinen Sinn, nach dem Kerl zu suchen«, brummte Peter.

»Doch!«, widersprach Justus. »Und insbesondere nach seinem Karren. Denn ich könnte mir vorstellen, dass sich darin die Steuereinheit für den Ball befindet.«

»Natürlich!«, rief Bob. »In so einem Wagen lässt sich allerhand unterbringen.«

»Aber wo soll der sein, wenn der Ballonverkäufer nicht mehr da ist?« Suchend ließ Peter den Blick erneut durch das Rund schweifen. Dann stutzte er plötzlich. »Moment mal, Freunde. Solche Wagen gibt es oft in Stadien. Und zwar die Hotdog-, Würstchen-, Eis- und Getränkestände. Die sehen so ähnlich aus.«

»Eine hervorragende Idee«, stimmte Justus zu. »Und es wäre eine geniale neue Verkleidung. Stellt euch vor, der Mann beobachtet das Spiel als harmloser Würstchenverkäufer.«

»Dann hätte er außerdem den großen Vorteil, dass während des Spiels so gut wie keiner zu ihm kommt«, meinte Bob. »Denn in der Regel kaufen die Leute ihre Würstchen und alles andere in der Pause. Aber wo würdet ihr euch an seiner Stelle postieren?«

»Natürlich genau da, wo wir jetzt stehen«, sagte Peter. »Ganz oben auf den Rängen. Von dort hat man den besten Überblick.«

Justus nickte zufrieden. »So sehe ich das auch! Darum lasst uns weiter um das Stadion gehen und Ausschau nach einem Verkäufer halten, der weit oben einsam an seinem Karren steht und dabei das Spielfeld sehr genau im Auge behält.«

In diesem Moment wies Peter mit dem Finger auf

einen Mann mit einer Schürze und einem weißen Käppi, der auf der gegenüberliegenden Geraden hinter den letzten Zuschauern stand. »Seht mal, dort! Ein paar Reihen oberhalb von Onkel Titus, Tante Mathilda und Kommissar Reynolds, da steht ein Eisverkäufer und beobachtet das Spiel genau.«

»Dann sollten wir jetzt ihn genau beobachten«, verkündete Justus. »Los, Freunde, pirschen wir uns unauffällig ran.«

Eiskalt erwischt

Während die drei ??? hinter den Sitzreihen entlang das Stadion umrundeten, geschahen auf dem Fußballfeld die nächsten merkwürdigen Ereignisse. Und diesmal bekam Skinny Norris die Auswirkungen zu spüren.

Der eingewechselte Torwart der *Rocky Beach Socceroos* legte sich eben den Ball zurecht. Er nahm einige Schritte Anlauf und winkte seine Mitspieler nach vorne, um einen langen Abstoß auszuführen.

Die drei ??? konnten genau sehen, dass Skinny vorhatte, den Ball Vollspann zu treffen. Doch kaum hatte die Spitze seines Stollenschuhs das Leder berührt, geschah es schon wieder.

Der Ball flog nicht geradeaus, sondern schoss senkrecht in die Höhe, fiel steil zurück auf den Boden und sprang dann hinter Skinny genau auf die Torlinie. Skinny reagierte vollkommen richtig. Er drehte sich um und warf sich trotz des Gelächters, das im Publikum ertönte, mit ausgestreckten Armen nach dem Ball. Gerade als er ihn jedoch packen wollte, rollte der Ball auf der Torlinie ein Stück zur Seite. Skinny lag auf dem Bauch und sah mit einem kläglichen Ausdruck im Gesicht dabei zu, wie der Ball wie in Zeitlupe über die Torlinie ins Netz kugelte. »Das darf doch nicht wahr sein!«, stöhnten eini-

ge Zuschauer. »Erst schießt er den Ball hoch anstatt weg – und dann will er ihn festhalten und stößt ihn ins eigene Tor. Diese Mannschaft hat schrecklich schlechte Torleute.«

»Genauso hat es ausgesehen«, flüsterte Peter seinen Freunden zu. »Aber ich bin ganz sicher, dass nicht mal Skinny so ein Fehler unterlaufen würde.«

»Das muss ich in diesem Fall bestätigen«, sagte Justus. »Das Ganze ist wirklich ein übler Trick. Hoffen wir, dass wir den Übeltäter gleich stellen werden.«

Sie hatten inzwischen die letzte Kurve umrundet und näherten sich dem Eisverkäufer. Dieser stand, die Hände an den Eishebeln, hinter seinem Karren, auf den eine Softeis-Maschine montiert war. Nur noch wenige Meter lagen zwischen ihm und den drei ???.

Plötzlich blieb Justus stehen. »Freunde, zählt ihr auch, was ich zähle?«

Bob nickte sofort. »Ja, der Mann verkauft drei Eissorten: Schokolade, Vanille und Erdbeer. Und es gibt auch drei Röhren, aus denen das Softeis rauskommt. Aber auf seiner Seite gibt es nicht nur drei Hebel, sondern fünf.«

»Das sieht wirklich nicht aus wie eine gewöhnliche Eismaschine«, murmelte Peter. »Giovanni ist manchmal auch mit so einem Eiskarren unterwegs. Seit er entdeckt hat, dass die Amerikaner gern Softeis essen, verkauft er manchmal das erste italienische Softeis der Welt. Aber gerade macht er Urlaub in Italien und ist nicht hier.«

»Da hat unser mutmaßlicher Gangster Glück gehabt«, lächelte Bob. »Denn wenn Giovanni hier gewesen wäre, hätte er bestimmt gar kein Eis verkauft.«

»Das hätte ihn aber vielleicht auch nicht gestört«, vermutete Justus.

Die drei ??? konnten genau beobachten, wie der Mann an den zwei Hebeln vor sich herumfuhrwerkte. Nun ließ er sie einen Augenblick lang ruhen.

»Der Ball liegt jetzt ganz ruhig!«, bemerkte Peter.

»Und niemand achtet auf den Mann, weil alle aufs Spielfeld und auf Skinny starren«, verkündete

Bob. »Genauso ist es vorhin sicher auch gewesen, Peter. Die Zuschauer haben nur über dich den Kopf geschüttelt. Was der Mann macht, hat niemand wahrgenommen.«

Justus nickte. »Ein falscher Luftballonverkäufer, um den Ball mit Gas zu füllen. Und ein falscher Eisverkäufer, um den Ball wie eine Drohne zu steuern. Ein ziemlich raffinierter Plan.«

Peter schüttelte den Kopf. »Das ist doch einfach nur gemein.«

»Das ist sehr viel gefährlicher als einfach nur gemein«, sagte Justus. »Wenn man einen Ball so steuern kann, dann kann man auf diese Weise Spiele gegen das Können und den Willen der Spieler entscheiden. Und dazu auf das herbeigeführte Ergebnis wetten. Aber diese Suppe werden wir dem Gauner jetzt hoffentlich versalzen. Los, Freunde, kommt!«

Als der Eisverkäufer die drei ??? auf sich zukommen sah, weiteten sich seine Augen fast unmerklich.

»Er hat Peter erkannt«, flüsterte Justus. Rasch

ging der Anführer der drei ??? weiter auf den Mann zu. Dieser hatte ein hageres Gesicht mit tief liegenden, grün schimmernden Augen.

»Der Unglückstorwart«, empfing der Eismann die drei Detektive.

»Das kann man so sagen«, nickte Justus nachdenklich. »Und deswegen wollen wir unseren Freund hier etwas trösten und ihm ein richtig großes Eis kaufen, mit allen Sorten.«

»Nach den Toren, die er kassiert hat, sollte er lieber kein Eis essen, sondern anständig trainieren«, grinste der Eisverkäufer, betätigte aber nacheinander die drei Hebel, aus denen das Softeis herausquoll. Dabei hielt er eine Eiswaffeltüte unter die Rohre.

»Einen Dollar und fünfzig Cent«, verlangte der Mann, als die große Portion fertig war.

»Und noch eine Portion Sahne dazu«, sagte Justus.

»Sahne? Ich habe hier keine Sahne!« Der Eismann sah Justus verwirrt an.

»Aber Sie haben doch noch zwei weitere Hebel an Ihrer Maschine«, erwiderte Justus mit Unschuldsmiene. »Sind die etwa nicht für Sahne?«

Der Eismann beäugte Justus nun misstrauisch. »Wie kommst du denn darauf?«

»Sahne sprüht so schön«, sagte Justus gelassen. »Und der Ball unten auf dem Spielfeld fliegt genauso schön wie Sahne, die aus einer Sprühdose geschossen kommt. Sie kennen doch bestimmt diese Sahnesprühdosen. Sie werden mit Gas betrieben!«

Der Eismann wich unwillkürlich einige Zentimeter zurück und musterte Justus scharf. »Was erzählst du denn da? Ist dir die Hitze zu Kopf gestiegen?« Rasch reichte der Mann Peter seine Eiswaffel, nahm dann eine weitere Eistüte und füllte sie mit Vanilleeis. »Hier«, sagte er zu Justus, »die schenke ich dir. Du solltest dich mal ein bisschen abkühlen.«

»Oh, danke!« Justus nahm das Eis und reichte es weiter an Bob. »Das gebe ich meinem Freund hier. Ich esse nicht gern Süßigkeiten.« Er wandte sich um und flüsterte Bob und Peter zu: »Wenn ich ›jetzt‹ sage, werft ihm das Eis ins Gesicht.«

Bob nickte unmerklich und Peter zwinkerte zum Zeichen, dass er verstanden hatte.

Justus wandte sich wieder dem Eismann zu. »Was ich allerdings wirklich gerne hätte, wäre ein schöner, bunter Luftballon!«

Jetzt zuckte der Mann sichtlich zusammen. »Es gibt keine Luftballons an einem Softeis-Stand«, stieß er hervor. »Und jetzt hör auf, hier solchen Quatsch zu erzählen. Guckt euch lieber das Spiel an. Eure Mannschaft verliert nämlich ganz gewaltig!«

»Unsere Mannschaft verliert eigentlich gar nicht«, gab Justus zurück. »Unsere Mannschaft ist vielmehr durch das sehr merkwürdige Flugverhalten eines sehr merkwürdigen Balls auf eine höchst verbrecherisch wirkende Verliererstraße gebracht worden. Und wissen Sie, was ich glaube?« Plötzlich sprang Justus neben den Eismann hinter den Karren. »Ich glaube, gleich wird etwas ziemlich Verrücktes passieren.« Er nickte Bob und Peter zu. »Jetzt!«

Im selben Moment warfen Peter und Bob dem Eisverkäufer ihre beiden Eistüten ins Gesicht. »Verfluchte Bande«, wollte dieser schreien, doch aus seinem Mund kam nur ein eisverschmiertes Blubbern. Gleichzeitig griff Justus die beiden Hebel, die der Mann zuvor bedient hatte, und schob sie nach vorne.

Im selben Moment flog der Ball auf dem Spielfeld wie von Geisterhand hoch in die Luft.

»Es ist ganz einfach«, lachte Justus. »Es funktioniert wie an einer Spielekonsole.« Justus bewegte die Hebel und sofort flog der Ball nach rechts, knapp am Kopf des Schiedsrichters vorbei. »Uups!« Justus ließ den Ball nun am Himmel kreisen. »Zum Glück habe ich bei Onkel Titus auf dem Schrottplatz schon öfter mit Drohnen geübt.« Dann ließ er den Ball direkt auf Skinny zusausen.

»Hände weg von meiner Eismaschine!«, schrie der falsche Eismann. Im selben Augenblick griff er an die Hebel und rief lauthals: »Eis, kostenloses Eis für alle!«

Sofort wurden einige Zuschauer aufmerksam und wandten sich dem Eiskarren zu.

Doch da rief Justus noch lauter: »Kommen Sie alle! Kommen Sie! Kostenloses Eis für alle! Zum manipulierten Sieg von *Los Angeles United* spendiert der Herr hier jedem ein Eis.«

Verblüfft blieben die Zuschauer stehen und starrten Justus an. Zugleich erstarrte der Betrüger. »Los, Bob!«, rief Justus und drängte den falschen Eisverkäufer mit einem kräftigen Hüftschwung zur Seite. »Gib Gas!«

Rasch sprang Bob an die Eismaschine, drückte die Hebel und füllte einige Tüten, die Peter ins Publikum reichte. Jetzt bewegte sich die Masse wieder und augenblicklich war der angebliche Eismann von der Menge eingekeilt.

»So fühlt sich eine Sardine in der Büchse«, rief

Justus diesem zu. »Oder ein Verbrecher an der Eismaschine! Sir, Sie können jetzt alles gestehen.«

»Ich gestehe überhaupt nichts!«, keuchte der Mann. »Was seid ihr für unverschämte Bengel! Ich werde euch anzeigen. Hier einfach meine Eismaschine zu beschädigen.«

»Sie haben das Spiel beschädigt«, erklärte Justus. »Ihre Maschine dient nur der Tarnung.« Er rief der Menge zu: »Sehen Sie nur, was dieser falsche Eismann die ganze Zeit gemacht hat. Er manipuliert das Spiel mit einem ferngesteuerten Ball.«

Nun starrten alle Umstehenden neugierig den Mann an. Und während Justus den Ball direkt auf den Fuß eines der Angreifer von Los Angeles fallen und von dort wieder in die Luft steigen ließ, ging ein lautes Raunen durchs Stadion. Im nächsten Moment sauste der Ball einmal quer durch das Stadion und flog genau auf den Gangster zu.

»Geben Sie es zu oder beherrschen Sie einen richtig guten Kopfball?«, fragte Justus diesen.

»Ich gebe überhaupt nichts zu!«, rief der Mann.

ROCKY BEACH
SOCCEROOS
LOS ANGELES UNITED
UNITED
ROCKY BEACH

»Dann Kopfball!«, verkündete Justus. Der Ball schoss schnurgerade auf die Stirn des Betrügers zu und dieser köpfte ihn gegen seinen Willen wieder in Richtung Spielfeld. Doch statt dort zu landen, raste der Ball nun auf Skinny zu.

»Und das ist für deine fiesen Kommentare, Skinny!«, verkündete Justus und versenkte den Ball an Skinnys ausgebreiteten Armen vorbei im Netz.

»Sir, Ihre Maschine ist eindeutig mehr als eine gewöhnliche Eismaschine«, erklärte Justus. »Das wäre bewiesen. Es ist auch bewiesen, dass Sie dieses Spiel heimtückisch manipuliert haben. Alles Weitere müssen Sie dem Kommissar erklären.«

»Welchem Kommissar?«, keuchte der falsche Eismann.

»Diesem hier!«, ertönte Kommissar Reynolds' dunkle Stimme vom Treppenabsatz. »Das klingt ja höchst interessant, was ich da höre. Und Sie sind festgenommen.«

Reynolds packte den Verbrecher am Kragen und legte ihm Handschellen an.

Justus zog eine Klappe am unteren Teil der geheimnisvollen Eismaschine auf. Dahinter befand sich eine Steuerungsanlage, deren Kabel zu den beiden zusätzlichen Hebeln führten. »Und hier ist der technische Beweis. Eine Ballsteuermaschine!«

»Das werden Sie alles zu erklären haben«, brummte Reynolds dem falschen Eismann zu. »Aber zunächst einmal: Wie heißen Sie?«

»Steve Wallbuilder«, murmelte der Betrüger geschlagen.

»Und wer sind die beiden Balljungen, die jetzt als Linienrichter mitmachen und da unten gerade wegrennen wollen?«, fragte Peter.

»Meine Söhne«, sagte der Gauner.

»Ich sagte doch, dass sie aussehen wie Brüder!«, flüsterte Bob Justus zu.

»Und du hattest recht!« Rasch schickte Justus den beiden den Ball hinterher und ließ ihn zweimal um ihre Köpfe kreisen. Kaum bemerkten diese, was geschah, versuchten sie dem Ball auszuweichen und aus dem Stadion zu entkommen. Doch immer wieder ließ Justus ihnen diesen entgegensausen und trieb sie zurück aufs Feld. Verwundert sahen die Spieler der beiden Mannschaften zu.

Doch dann stolperte der Junge mit den längeren Haaren unglücklich und riss seinen Bruder mit sich.

»Da geht doch etwas nicht mit rechten Dingen zu!«, brüllte der Kapitän der Mannschaft von Los Angeles. »Haltet die beiden fest, bis wir wissen, was hier los ist!«

Sofort rannten alle Spieler auf dem Platz zu den beiden Jungen und ergriffen sie.

»Ein praktisches Ding«, meinte Justus. »Mit so einem Ball kann man auch ausgezeichnet Verbrecher jagen.«

»Sie kommen jetzt alle mit!«, erklärte Kommissar Reynolds. »Und ich denke, das Fußballspiel werden wir wiederholen müssen.«

Flugkuchen

»Habt ihr das gelesen?« Bob kam mit dem Fahrrad auf den Schrottplatz gefahren und wedelte mit einer Zeitung. Auf seinem Gepäckträger transportierte er eine große, braune Papprolle. Es war früh am nächsten Morgen.

Justus und Peter saßen auf der Veranda und schüttelten die Köpfe. »Peter ist eben erst angekommen«, antwortete Justus, »und Tante Mathilda will uns gleich –«

»Was auch immer sie will, das muss warten«, verkündete Bob aufgeregt. »Hört euch das an. Das schreibt eine der großen Zeitungen aus Los Angeles heute: ›Der fußballbegeisterte Erfinder und Bastler Steve Wallbuilder hatte ursprünglich nur mit seinen beiden Söhnen gewettet, dass er einen Ball sechsmal auf die Torwand schießen und jedes Mal treffen würde. Zusammen haben sie dann einen Ball konstruiert, mit dem genau das möglich ist. Doch dann kam dem Vater eine vermeintlich bessere Idee, als sich nur im Torwandschießen zu beweisen. Er wollte ein großes Fußballspiel manipulieren und auf das Endergebnis wetten. Als Probe aufs Exempel benutzte der Betrüger das Spiel zweier Jugendmannschaften in dem kleinen, verschlafenen Küstenstädtchen Rocky Beach.‹«

»Verschlafen?«, rief Peter. »Wir sind doch ganz schön aufgeweckt, schließlich haben wir die Bande gestellt.«

Bob lachte. »Das steht hier allerdings auch noch: ›Die kuriosen Tore, die alle den berühmten Missgriffen bekannter Torhüter nachempfunden waren, sorgten im Stadion wohl für Aufmerksamkeit. Niemand aber stellte sie infrage! Doch drei clevere Jungen kamen dem Mann auf die Schliche und sorgten dafür, dass er gefasst wurde. Auf der Polizeiwache von Rocky Beach gestand Mr Wallbuilder schließlich alles und muss nun zwei Monate hinter Gittern verbringen, während seine Söhne Sozialarbeit leisten werden.‹« Bob unterbrach sich. »Wo ich gerade Polizeiwache lese – wollte Kommissar Reynolds nicht herkommen und die Sachen abholen?«

Peter und Justus nickten. »Er müsste eigentlich gleich da sein.«

In diesem Moment fuhr tatsächlich auch schon ein Polizeiwagen auf den Schrottplatz. »Hallo, Jungs!«, begrüßte der Kommissar die drei ??? durch die heruntergelassene Seitenscheibe, ehe er ausstieg. »Da bin ich, wie verabredet. Und, Justus, hat dein Onkel die Maschine bereits untersucht?«

»Ja, Sir!«, rief Justus. »Onkel Titus hat sie fein säuberlich auseinandergenommen und Ihnen ein Gutachten zu ihrer Funktionsweise geschrieben.«

»Sehr gut!« Der Kommissar lachte. »Das werde ich als Zeuge der Staatsanwaltschaft vor Gericht benutzen. Und die falsche Eismaschine kommt anschließend ins Polizeimuseum. Aber den Antrieb hat dein Onkel hoffentlich aus dem Ball ausgebaut? Ich will nicht, dass jemand in Versuchung kommt, das gute Stück zu stehlen, um es dann doch noch einmal einzusetzen.«

»Onkel Titus hat alles so erledigt, wie Sie ihn gebeten haben«, versicherte Justus.

In diesem Moment erfüllte ein leises Zischen die Luft. Erschrocken fuhr Reynolds zusammen. »Was ist das denn? Werden wir jetzt doch gleich von einem wild gewordenen Fußball gejagt?«

»Ganz und gar nicht«, grinste Peter. »Das ist die Antriebs-Gasanlage für den Ball, die jetzt nicht mehr gedämpft wird.«

»Im lauten Stadion hat man sie nicht gehört«, fügte Justus hinzu. »Aber hier draußen in der Stille ist sie deutlich zu vernehmen. Und sehen Sie mal, was da angeflogen kommt.«

Ein Schatten fiel auf das Gesicht des Kommissars und dieser blickte nach oben. Durch die Luft surrte ein großes Tablett heran, auf dem ein frisch gebackener, herrlich duftender Kirschkuchen stand.

Bob riss die Augen auf. »Dein Onkel hat die An-

POLICE
CA-RB110

triebsanlage aus dem Ball ausgebaut und offensichtlich ein wenig umfunktioniert. Jetzt dient sie für ein fliegendes Kuchentablett.«

»Ganz genau!« Der Schrotthändler trat, gefolgt von seiner Frau, aus der Küchentür auf die Veranda. »So kann meine liebe Mathilda, immer wenn sie Lust hat, einen frisch gebackenen Kirschkuchen oder eine eisgekühlte Feierabendlimonade direkt zu mir in den Schuppen fliegen lassen.«

»Eine vollkommen unsinnige Idee!«, rief Tante Mathilda. Aber sie lächelte dabei. Dann fuhr sie fort: »Viel schöner ist es doch, wenn ich zu Fuß zu dir gehe, dir den Kuchen bringe und ein kleines Schwätzchen mit dir halte.«

Onkel Titus lachte ebenfalls. »Wo du recht hast, hast du recht.«

»Wichtig ist ja eigentlich nur, dass es überhaupt Kirschkuchen gibt!«, rief Justus rasch. »Los, Onkel Titus, landen!«

Der Schrotthändler ließ sich nicht lange bitten. Gekonnt ließ er das Tablett mit dem Kuchen auf dem Verandatisch aufsetzen. Dann beugte er sich zu seiner Frau und drückte ihr einen Kuss auf die Wange. »Bitte anschneiden, Mathilda!«

Tante Mathilda errötete. Dann nahm sie ein Messer und trat an den Kuchen. »Ich hoffe, er ist noch warm und die Flugreise hat ihn nicht zu sehr abgekühlt.«

»Warm oder kalt, Tante Mathilda, dein Kirschkuchen ist immer der beste!«, rief Justus. »Und auf alle Fälle ist das der erste Flug-Kirschkuchen, den wir im Leben essen werden. Ich wette, er wird uns sehr, sehr ausgezeichnet, köstlich und wirklich *guuuuuut* schmecken.«

Kommissar Reynolds lachte. »Ich nehme auch ein Stück!«

Doch Bob war schneller am Tisch. »Sir, stellen Sie sich bitte diesmal hinten an! Wir haben seit zweieinhalb Tagen keinen Kirschkuchen mehr gehabt und müssen sofort reinbeißen.«

Tante Mathilda lachte. »Gut, Justus, dass du mir das schon vorher gesagt hast. Denn als besondere

Vorsichtsmaßnahme, falls das Experiment mit dem Flugkuchen scheitern sollte, habe ich heute zwei Kirschkuchen gebacken. Und ich hatte auch das Gefühl, einer könnte zu wenig sein nach dieser langen Zeit des Darbens.«

»Das war eine weise Entscheidung, Tante Mathilda!«, jubelte Justus. Dann nahm er seiner Tante das Messer aus der Hand und schnitt neun große Stücke ab. Je eines legte er dem Kommissar, seiner Tante und seinem Onkel auf den Teller. Dann gab er Bob, Peter und sich jeweils zwei.

»Sehr klug verteilt«, grinste Peter.

Justus nickte. »Ja! Denn heute ist Kirschkuchentag. Davor allerdings gibt es noch etwas!«

»Vor dem Kuchen?«, fragte Tante Mathilda verwundert.

»Es ist nichts zum Essen«, lachte Bob. Er ging zu seinem Fahrrad und zog die große Papprolle vom Gepäckträger. »Das ist ein Geschenk für Peter!«

»Aber bitte kein Fernrohr oder so was, damit ich den Ball besser sehe!«, rief dieser zögernd.

»Nein!« Bob schüttelte den Kopf. »Das ist etwas, damit du dich besser siehst. Oder besser ausgedrückt, damit du dich wieder so siehst, wie du wirklich bist. Jedenfalls als Fußballtorwart. Los, mach schon auf, das ist ein Geschenk von Justus und mir.« Mit einem breiten Grinsen überreichte er Peter die Papprolle.

Der öffnete sie gespannt.

Zum Vorschein kam das große Poster, auf dem die Paraden vieler berühmter Torwarte zu sehen waren. Und mitten unter ihnen hechtete Peter durch die Luft.

»Das ist ja unglaublich toll!« Peter sah seine Freunde glücklich an. »Danke, Bob! Danke, Justus!«

Die beiden lachten. »Dann iss jetzt schnell deinen Kirschkuchen«, sagte Justus vergnügt. »Oder besser, iss ihn mit Bedacht. Denn ab morgen müssen wir dich wieder trainieren. Schließlich steht dir das große Spiel nächste Woche noch einmal bevor. Und bis dahin gibt es dann keinen Zucker mehr.«

Schnell biss Peter in sein erstes Stück. »Darüber reden wir morgen!«, verkündete er genüsslich kauend. »Jetzt werden Kuchenstücke verdrückt und keine Bälle pariert.«

BORIS PFEIFFER ist 1964 geboren, im selben Jahr wie *Die drei ???*. Er arbeitete zunächst als Theaterregisseur und studierte Drehbuchschreiben. Neben zahlreichen *Die drei ??? Kids*-Bänden hat er *Unsichtbar und trotzdem da!*, *Die Akademie der Abenteuer*, *Das Wilde Pack* und einige Jugendromane geschrieben. Mehr über Boris findest du unter **borispfeiffer.de**

JAN SAßE zeichnet seit 2009 für *Die drei ??? Kids*. Er hat sich das Zeichnen selbst beigebracht. Als Kind ist er in die Bücherei gegangen und hat sich viel aus Comics und Büchern abgeguckt. So wurde er immer besser. Mehr über Jan findest du unter **jansasse.de**

UDO SMIALKOWSKI wurde vor langer, langer Zeit in Niedersachsen geboren. Er zeichnet seit seinem fünften Lebensjahr und hat als Comiczeichner und Illustrator seinen Traumberuf gefunden. Mehr über Udo Smialkowski findest du unter **illuzilla.de**

Die drei ???
Kids

Ihre großen Fälle!

- ☐ Panik im Paradies
- ☐ Radio Rocky Beach
- ☐ Invasion der Fliegen
- ☐ Chaos vor der Kamera
- ☐ Flucht in die Zukunft
- ☐ Gefahr im Gruselgarten
- ☐ Gruft der Piraten
- ☐ Nacht unter Wölfen
- ☐ SOS über den Wolken
- ☐ Spuk in Rocky Beach
- ☐ Fußball-Alarm
- ☐ Fußballgötter
- ☐ Falsche Fußballfreunde
- ☐ Tatort Kletterpark
- ☐ Der Weihnachtsdieb
- ☐ Fußballhelden
- ☐ Gespensterjagd
- ☐ Alarm im Dinopark
- ☐ Der goldene Drache
- ☐ Chaos im Dunkeln
- ☐ Aufbruch ins All
- ☐ Tatort Trampolin
- ☐ Die Laser-Falle
- ☐ Surfstrand in Gefahr
- ☐ Das Schienen-Monster
- ☐ Der Fußball-Roboter
- ☐ Blinde Passagiere
- ☐ Musikdiebe
- ☐ Schrottplatz in Gefahr
- ☐ Achtung, Abenteuer
- ☐ Gefährlicher Nebel
- ☐ Turbo-Rennen
- ☐ Die Delfin-Piraten
- ☐ Fußball-Diebe
- ☐ Tatort Skater-Park
- ☐ Falscher Alarm
- ☐ Riesen in Rocky Beach
- ☐ Das Geisterspiel
- ☐ Schatz aus dem All
- ☐ Im Geistergarten
- ☐ Flug ins Nichts
- ☐ Gefahr im Spiegelkabinett
- ☐ Spuk im Leuchtturm
- ☐ Die Geistermühle

Weitere Bände der Reihe sind als E-Book erhältlich.

ab €/D 9,-

kosmos.de/diedreifragezeichenkids

Preisänderung vorbehalten

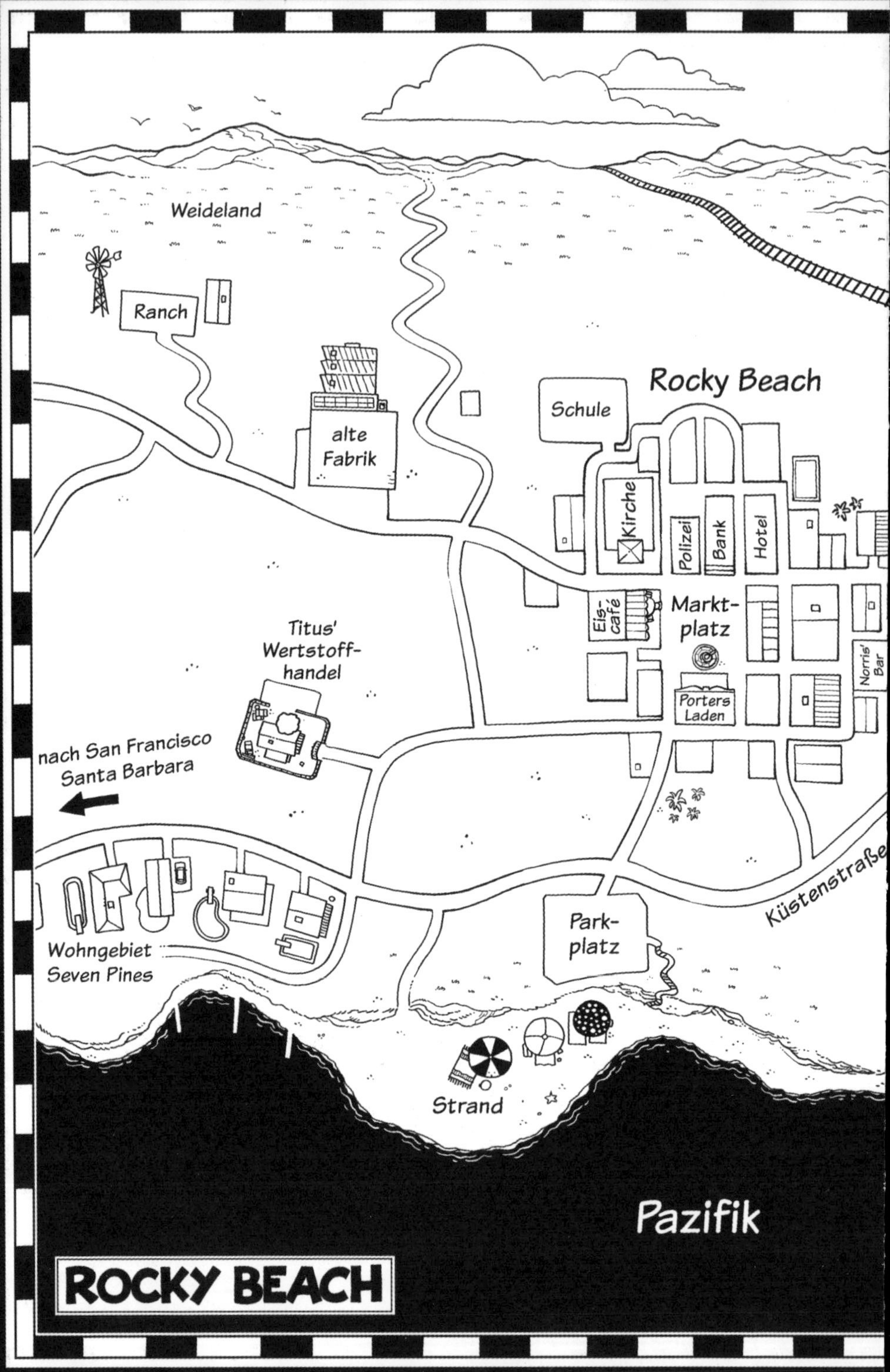
Weideland
Ranch
alte Fabrik
Rocky Beach
Schule
Kirche
Polizei
Bank
Hotel
Eis-café
Markt-platz
Titus' Wertstoff-handel
Norris' Bar
Porters Laden
nach San Francisco
Santa Barbara
Küstenstraße
Park-platz
Wohngebiet Seven Pines
Strand
Pazifik
ROCKY BEACH